徳間文庫

南方署強行犯係

黄《よ》泉《み》路《じ》の犬

近藤史恵

徳間書店

目次

扉を閉めて、鍵をかけて、わたしは真っ先に洗面所に駆け込んだ。

蛇口をひねると、勢いよく水が噴き出してくる。生ぬるい水の中に手を突っ込んで、わたしは考えた。

この水が、刃物のようであればいい。

皮膚をそぎ落とし、肉を裂くほどの鋭さで、あらゆる汚れを落としてくれればいい。

外の世界はなにもかもが不愉快で、そして汚らしかった。

愛しいものの糞尿《ふんにょう》を始末するときですら、汚らしいなんて思わないわたしなのに、外から帰ってくると、手を洗わずにはいられない。

液体石けんを泡立てて、わたしは何度も手を洗う。

皮膚の表面についた、なにもかもを落として、そして忘れ去りたい。

どうして人には建前とか本音とか、嘘《うそ》とか世間体とかそういうものがあるのだろう。

そういうややこしい、べとついた粘液のようなものが、どんな人のまわりにも張り巡らされていて、本当のその人は少ししか見えない。

必死で、粘液をかきわけて、本心にたどりついたとき、見えるのはいつも、まるで仮面のような薄笑いだ。やさしい微笑《ほほえ》みではなく、わたしのことを侮蔑《ぶべつ》し、嘲笑《あざわら》っている顔。

それならば、どうしてはじめから、「おまえなんか嫌いだ」と言ってくれないのだろう。尊敬しているふりをして、好きなふりをして、共感するふりをして、心の底ではただ嘲笑っている。

思えば、ことばを手に入れたときから、人は自分を装うことを覚えたのか。それとも、表情が気持ちを表すシグナルになったことがきっかけなのか。

恐ろしいのは。

なによりも、恐ろしいのは、自分があの人たちと違うとは言い切れないことだ。

きっと、わたしから建前や嘘や見せかけを取り除いてしまうと、仮面のような薄笑いが残るだけだ。

序章　二ヶ月前

どんな職場にも、忙しい時期と暇《ひま》な時期がある。

もちろん、頻度の違いもあるし、もともとの忙しさが違うから、同じようには語れない。さびれた古本屋の忙しい時間よりも、ターミナル駅前にあるコンビニの暇な時間の方が、絶対的な忙しさでは上かもしれない。だが、會川圭司《あいかわけいじ》はしみじみと考えていた。

どんな職場にも、暇な時期というものは存在するものだ。数日前までは、そんなものは存在しないと確信していたのに。

そう、珍しいことに、本当に珍しいことに、今日、南方《みなみかた》署強行犯係は暇なのである。

圭司がここに配属されてから、三ヶ月ほど経《た》つが、その間いつも、目が回るほど忙しかった。昼休みさえ、まともに取れない日や、二週間続けて出勤したこともある。

だのに、なぜか数日前から、係が抱えている事件が急にとんとんと片づきはじめた。なのに、新しい事件は特に起こらない。

そして、とうとう、今日、圭司はこう感じたのだ。

暇だ、と。

もちろん、暇だといっても、署に待機することも大切な仕事だから、ふらふらと出かけることはできない。また、まだ取り調べが行われている事件もあるから、係の人間すべてが暇なわけではない。圭司も片づけなくてはならない書類が少し残っている。しかし、強行犯係の机のまわりには、今まで感じたことのないくつろいだ雰囲気が漂っていた。

圭司は、書類を意味もなく捲《めく》りながら、窓の外を眺めた。

できれば、この時間が長く続いてほしい。いや、のんびりしたいというだけではなく、強行犯係が暇だということは、管轄区域で強盗も殺人も起こっていないということなのだから。

「ねえねえ、會川くん、ちょっとちょっと」

急に物思いから引き戻されて、圭司は顔を上げた。

前に立っていたのは同僚の黒岩《くろいわ》だった。圭司に向かって、薄い文庫本を差し出している。

「はい？」

「ちょっと、この本開いてみて」

カバーがかけられているから、なんの本かはわからない。受け取って、表紙をめくろうとすると、黒岩の声が飛んだ。

「違うわよ。どこでもいいから、真ん中あたりを開いてみて」

彼女の声は、低く、あまり感情が表れないから、なんだか怒られているような気分になる。言われたとおりに、真ん中あたりを開いた。

黒岩が、本をのぞき込む。

「83ページ、八＋三は一だからインケツで、會川くんの負けね」

「へ？　負けって……」

黒岩は、縁《ふち》なしの眼鏡を指で押し上げて、にっこりと笑った。

「暇だから、本を使って、オイチョカブをしているの」

今気づいたが、椅子に座っている他の刑事たちも、にやにや笑いながらこっちを見ている。

「そんなの、俺、参加するって言ってませんよ。だいたい、警察で賭け事なんかやっていいんですか？」

「だれかに迷惑かけてる？」

警察がそれを言っては駄目だろう。椅子からずり落ちそうになるのを、腕で支えた。

「で……、いくら賭けているんですか」

「ひとりジュース一本ずつ。だから、ひい、ふう……全部で四人ね。四人分のジュース買ってきて。あ、わたし、ウーロン茶ね」

ジュースくらいなら、まあいいだろう。ちょうど、圭司も缶コーヒーでも飲みたいと思っていたところだった。

口論する面倒さとくらべれば、多少の出費の方がまだましである。

「はいはい、わかりましたよ」

「はいは一回って、お母さんに言われなかった？」

そう言われて絶句していると、あちこちから「おれ、無糖の缶コーヒー」だの「カフェオレ」だのの注文が飛んでくる。それを頭に叩《たた》き込んで、圭司は自動販売機のある一階へ下りた。

　そういえば、他の刑事たちがいくつの目を出したのかも、聞いていない。もしかして、自分は担《かつ》がれて、まんまとジュースをおごらされたのではないだろうか。

　一瞬、そう思ったが、よく考えれば圭司が出したのは一だから、ほかのだれがどんな目をだそうと、圭司が負けたことには変わりはない。だいたい、黒岩は唐突で愛想がなく、無理難題を言い出すタイプではあるけど、そこまで根性が悪いわけでもないし。

　刑事課に配属されてから三ヶ月。圭司はずっと、黒岩とコンビを組まされている。まあ、圭司の教育係だと言っていい立場の女性刑事なのだが、なんというか、少し変わっているのである。教育してもらっているというよりも、振り回されている感じの方が強い。

　もちろん、彼女から教わった大事なことはいくつもある。だが、その一方で、「彼女のようにやっては損をする」ということも学んだ。

　ちょうど小銭が足りず、千円札を自動販売機に押し込んだ。向きは合っているはずなのに、千円札はなぜか押し返された。それをもう一度入れながらためいきをつく。

——なんか、パシリっぽいなあ。

以前、大失敗をしたとき、自分に刑事ドラマのようなニックネームが付くのなら、まさしく「ヘタレ」だな、と思った記憶があるが、今ならさしずめ「パシリ」であろう。

ようやく、千円札が入り、圭司はコーヒーのボタンを押した。音を立てて出てきた缶コーヒーを手に取り、また次を押す。

――ヘタレとパシリとはどっちがましかな。

人に聞いてみても「どっちもいや」が、いちばん多い回答だろう。

言われた飲み物をすべて買って、階段をのんびりと上がる。刑事課のドアを開けたとき、圭司は気づいた。

先ほどと、雰囲気がまったく違う。

息を呑《の》んで、まわりを見回すと、ちょうど黒岩と目があった。

彼女は早く戻ってこい、と指で合図する。

「事件よ。急いで支度して」

パトカーに乗り込んでから、圭司は黒岩に尋ねた。

「なにが起こったんですか」

「東中島《ひがしなかじま》で強盗。犯人は逃走したらしいけど」

面倒くさそうにシートベルトを締めてから、黒岩はアクセルを踏んだ。

警察無線で続報が入ってくる。どうやら、窃盗目的で入ったが、家の主が帰宅してしまったので、強盗に転じたらしい。被害者の女性は、切りつけられて軽傷を負ったと、無線の声は告げた。

まあ、なんにせよ、軽傷で済んでよかった。圭司は小さく息をついた。軽く考えるわけではないが、殺人や、暴行などの捜査よりも、少しは気持ちが楽だ。

窓に目をやると、足早に歩く通行人の姿が見える。パトカーなど珍しくないのか、一瞥《いちべつ》さえくれずに、通り過ぎていく。

少し、不思議な気がした。通行人たちにとって、サイレンを鳴らして通り過ぎるパトカーが日常なのと同じように、圭司や黒岩にとっても、こうやって陰惨な事件が起こった現場に向かうことは日常だ。

だが、これから向かう先にいる人たちは、すでに日常と切り離されたところにいる。たぶん多くの人たちは、犯罪に巻き込まれた日のことは、一生忘れないだろう。傷が浅いか深いかの違いはあっても。

現場にはほどなく到着した。

パトカーを降りた黒岩に、先に到着していた城島《じょうじま》刑事が近づいた。南方署一の敏腕刑事だと言われ、いつも渋い顔をしている城島だが、今日の表情はさほど厳しくない。被害状況はさほどひどいものではないようだ。

「被害者は、一緒に暮らしている姉妹だが、妹の方が、犯人に腕を切られた。傷はさほどひどくはないが、今病院に行ってもらっている。先に、姉の方に話を聞いてもらいたい」

「わかりました」

黒岩は頷《うなず》いた。

強行犯係に女性は黒岩ひとりだ。動揺した女性から、話を聞くのは、やはり女性の方がいいのだろう。

黒岩についていこうとすると、城島にいきなり腕をつかまれた。

「事情聴取は黒岩にまかせておけ。おまえはこのマンション内をまわって、不審な人間がうろついていなかったか聞いてこい。事件のあった四階では下嶋《しもじま》が聞き込みをしているから、他の階で」

「はいっ」

返事をしながら、圭司は驚きを隠せなかった。今まで、ずっと黒岩と一緒に行動させられてきた。こんなふうに現場でひとりで動くなんてはじめてのことだ。

圭司の戸惑《とまど》いに気づいたのだろう。城島が声のトーンを落として尋ねた。

「できるな」

「はい！」

聞き込みは黒岩と一緒に何度もやっている。ひとりでできないような役目ではない。ただ、それでも役目をひとりで任されたことがうれしかった。

「油断するなよ。初動捜査では、ほんのわずかな見逃しが命取りになる。気を張っていけ」

「わかりました」

五階建てで、ざっと見たところ、ひとつのフロアに六つほど部屋がある。平日の夕方にすべてが在宅しているとも思えないから、それほど時間はかからないように思えた。

音が響くのなら、上よりも下だ。圭司は三階に行くことにした。

どうやら、単身者向けのマンションらしく、三階のほとんどは留守だった。一軒、自宅にいた学生から話を聞いたが、ゆうべ深夜まで飲んでいて、今日は一日中寝ていたということで、実になるような話は聞けなかった。

唯一、最近、白いミニバンが、よくマンションの前に停《と》まっていたという情報を得て、圭司は、学生の部屋を出た。

次は五階に行こうと、エレベーターに向かった圭司は、ふいに足を止めた。

なぜか、廊下で黒岩が煙草を吸っていた。

先ほど、被害者の事情聴取を命じられていたはずなのに、こんなところでなにをしているのだろう。

黒岩の方も圭司に気づいて、眉《まゆ》を寄せた。

「別にさぼっているわけじゃないわよ。被害者が興奮しすぎていて、手に負えないから、少しクールダウンさせているの。これ一本吸ったら戻るわよ」

「別にさぼっているなんて言っていないじゃないですか」

「そんな顔してたわよ」

そういえば、圭司は事件のことをくわしく聞いていない。黒岩の隣に行って尋ねた。

「妹さんが切りつけられたんですよね。怪我、ひどかったんですか？」

「ん、大したことないらしいわよ。もうすぐ戻ってくるって言っていた」

圭司は不思議に思った。妹の怪我がさほどひどいものではないのに、その女性は黒岩が手に負えないほど興奮しているのだろうか。

もちろん、強盗にあったことはショックだろうが、当の強盗はすでに逃亡していて、それほどひどい被害がなかったのなら、少しは落ち着いてもいいはずなのに。

圭司の疑問に気づいたのか、黒岩は小さく頷いて、煙を吐いた。

「家には現金はほとんど置いていなかったから、強盗が盗っていったのは、直接、彼女ら姉妹に刃物をつきつけて脅し取った二万円」

あきらかにプロの仕業ではない。最近の窃盗団は驚くほど手口がスマートだ。

「それだけですか？」

「それだけじゃないのよ」

黒岩は携帯灰皿で煙草をひねり潰《つぶ》して、圭司の顔を見た。

「彼女たちが可愛がっていた、チワワ一匹と、ね」

この時点で、圭司はこの事件を、さほど大きくないありふれた事件だと考えていたし、それは圭司よりもキャリアの長い黒岩ですら、同じだっただろう。

実際この事件は、解決の糸口が見つからないまま、山積みの未解決事件と一緒に、後回しにされることになる。

そして、その二ヶ月後、思わぬところからひょっこり顔を出すことになるのだ。

第一章　地獄

見てしまった。

その気配に気づき、足を止め、それから圭司はそう考えた。

見なければ、面倒もなく、このまま寮に帰って、風呂に入ってすぐに布団に潜《もぐ》り込めるはずだった。もしくは、見たことを忘れてしまえば。

明日は非番で、予定もない。朝もゆっくり寝られるはずだ。今、強行犯係は、いくつも事件を抱えていてやたらに忙しい。こんなときに休んでいいものかと不安に思ったが、鳥居《とりい》係長はまるで追い払うように手をひらひらさせながら、こう言った。

「休め、休め。休めるときに、休んでおけ。そのうち、休みたくても、休めないときがくるからな」

たしかに新米刑事が休み返上で働いたとしても、大した戦力にはならないのだろう。

だから、圭司は駅前の自動販売機でビールを買い、機嫌良くふらふらと家路についていたのだ。

それを見てしまうまでは。

圭司はしばらく立ちすくんでいた。だが、目はそれから離れない。見なかったふりをして、歩き出してしまいたいという気持ちの方が大きいのに、身体が動かないのだ。しばらく考えた。といっても、実際のところは数秒だったのだろうけど。

圭司は、歩道脇の植え込みに近づいた。そこには、小さな毛玉のような猫がいた。まだ、にゃあと鳴くほど成長もしていない。ネズミのような声を立てて、小刻みに震えている灰色の小さな塊。

ゆっくりとそれを抱き上げた。まだ掌に載るくらい小さくて、そしてひどく冷えている。目が開いているから、たぶん、生まれて十日か二週間ぐらい。

——えらいもん、しょいこんでしもうたなあ。

頭ではわかっている。いくらチビといえども、それは野良猫で、野良猫が生きるも死ぬも、圭司には責任のないことだ。中途半端に手を出して、結局手に負えなくなるのなら、はじめから手を出さない方がいい。

だが、見てしまったのだ。小さな、なにかを訴える目と目があってしまった。一度抱き上げてしまえば、もう下ろすことはできない。

冷静に考えれば、こんな生まれて間もない子猫を育てられる環境ではない。同じく警察官の兄、宗司《そうじ》とふたりで寮住まいで、昼間はだれもいない。幸い寮長さんが猫好きだから、猫を飼うことはできるが、すでに圭司たちの部屋には先住猫の太郎がいて、こいつが他の猫が大嫌いときている。

ここでそのままにしておけば、別の心優しい人が連れて帰って、きちんと子猫の面倒を見て、その後も飼ってくれるかもしれない。

——とはいえ、そうなるとも限らないしなあ。

このまま、このチビが息絶えてしまう可能性とどちらが大きいだろうと考えていると、子猫がちいちいと不満げな声を出した。きっと、お腹をひどく減らしているのだろう。

圭司は、ふうっとためいきをついて、そのチビを手に乗せたまま歩き出した。

——まあ、ええわ。こんなチビやから助かるかどうかわからんし。

もし、助からなかったとしても、最後の夜くらいは、あたたかい部屋で過ごさせてやりたい。天気予報では、深夜から雨になるといっていた。

ひどく薄情なことを考えながら、圭司はチビを揺らさないように、足早に歩いた。

たとえば、自分がドラマの登場人物なら、「この小さな命を絶対に救いたい」と考えて同じ行動を取るのかもしれないけど、現実はそんなに甘いものでもないし、圭司はそれほど善人でもない。

まあ、やれるだけのことはやって、それで死んだら仕方がない。本音を言うと、力及ばず死んでしまっても、この先しょいこむことになる面倒は減るわけだ。

ともかく、目があってしまったのだし、仕方がないではないか。

寮にたどりついて、インターフォンを押す。片手はチビ、もう片方の手は鞄で塞《ふさ》がっているから、鍵を出すのは面倒だ。

ドアが開いて、兄の宗司が顔を出した。

お帰り、と言いかけて、目を剝《む》く。

「なんやねん、それ」

「猫、落ちてた」

「うわあ……やっかいなもん、拾ってきよって……」

宗司はあきらかに責めるような目を、こちらに向ける。

「太郎、また飯食わへんようになるぞ。どうするんや」

以前、もう少し大きな猫を拾ったとき、太郎は一週間のハンストを決行した。それだけでなく、部屋中をトイレにしたり、脱走を企てたり、それはもう大変な騒ぎだったわけである。猫は幸い、宗司と同じ交番の警官が引き取ってくれることになって、混乱の日々は一週間で解決したのだが。

「そんなこと言うたかて、見てもうたんやもん、しゃーないやんけ」

理屈になっていない反論だが、これで通じるあたりが、兄弟である。

「そりゃあ、見てもうたんなら、しょうがないけど……」

ともかく、靴を脱いで、部屋にあがる。

宗司は、冷蔵庫から牛乳を取りだして、レンジで温めはじめた。本当は子猫用ミルクの方がよいのだが、贅沢は言ってられない。

いつも、迎えに出てくる太郎は、不穏な空気を感じたのか、本棚の上から下りてこない。

明るいところで見ると、子猫の毛は泥がこびりついて、ひどく汚れていた。片方の目は、目やにで閉じかかっている。正直、とてもかわいいとは言えない容姿だ。とりあえず、お尻をガーゼでマッサージして、排泄を促してやる。

ミルクを飲ませたら、目やにをガーゼで拭《ふ》き取ってやらなくてはならない。風呂に入れるのは、もう少し元気を回復してからだ。

宗司がスポイトに吸い上げたミルクを口に垂らすと、ぐんにゃりしていた子猫の反応が変わった。スポイトを前足で押さえるようにして、吸い付いてくる。

「うわあ、よっぽど腹減っていたんやなあ」

あまりに急に飲ませるのも心配で、スポイトを離すと、子猫はあきらかに不満そうな声で鳴いた。

結局、腹がぱんぱんにふくれるまでミルクを飲んだ子猫は、圭司の膝《ひざ》の上で丸くなって眠りはじめた。

「で、どうするねん」

宗司に尋ねられて、圭司は子猫から目をそらした。

「どうしようかなあ。明日は非番やけど、問題は明後日やなあ」

抱き上げたときは、明日まで持つかどうか、と思ったものの、さっきのミルクの飲みっぷりを見ると、思っていたより生命力は残っていたらしい。と、なると別の問題が出てくる。

　宗司は、圭司の膝の子猫をそっと指先でくすぐった。小さな爪が出たままの手が宗司の指を押しのける。

「明後日は、俺は夜勤やから、昼間は面倒見てやれるけど……その次の日も休みやし」

　ならば、この先三日くらいはなんとかなるということか。

「じゃあ、その間に、こいつどうするか考えとくわ。なんかええ案が浮かぶやろう」

　ともかく、明日の朝、獣医に行って様子を見てもらい、それからペットショップで、子猫用ミルクを買ってこなければならない。この大きさの子猫なら、数時間おきにミルクをやる必要があるはずだ。

　本棚の上で、太郎がはじめて鳴いた。

　わたしは認めてないよ、と言いたげな声で、圭司と宗司は、同時に聞こえないふりをした。

あくびを噛《か》み殺しながら、圭司は自分の席に座った。

黒岩に今後の指示を仰がなくてはならないのだが、彼女は、朝、少し姿を見せただけで、どこかに行ってしまっている。鳥居係長に尋ねても、行き先さえ言っていかなかったらしい。仕方がないので、彼女が帰るまで、書類仕事に勤《いそ》しむことにした。

昨日は、結局、子猫に二時間おきにミルクをせがまれて、あまりゆっくりできていない。帰ってきてからは、宗司も面倒を見てくれていたが、拾ったのは自分だし、あまり迷惑をかけるのも気が引けて、夜は自主的に起きて、授乳していた。

こんな日にヘビーな外回りというのもつらいから、ある意味、ラッキーと言えなくもない。

子猫でこんなに大変なのだから、人間の赤ちゃんの大変さというのは、想像を絶する。圭司の母親は、よく言えばおおらか、悪く言えばおおざっぱな人間だけど、それでも圭司と宗司、ふたりを赤ん坊の状態から育て上げることは、並大抵の苦労ではなかっただろう。

それでも。と、圭司は少し考えた。粉ミルクを湯で溶いて、冷まして、スポイトで授乳するという過程の面倒くささを考えれば、母乳というのは合理的なシステムであると思う。圭司が子猫を育てるよりも、母猫が育てる方がずっと楽なはずだ。深夜、ふらふらになりながら、ミルクを作っていると、「ああ、俺に母乳が出れば……」と思わずにはいられない。もちろん、本当に出ても困るが。

そんな他愛もないことを考えながら、なにげなく顔をあげた圭司は、刑事課の入り口で若い女性が立ちすくんでいることに気づいた。

少し背が高く、そして少しきれいな、二十代くらいの女性。街の人混みの中に、簡単に紛れてしまいそうな印象の薄い人だが、どこかで見覚えがあった。

圭司が立ち上がると、彼女はほっとしたようにお辞儀をした。向こうも圭司を知っているようだ。

「いきなり、訪ねてきてすみません」

近づくと彼女はそう言ってお辞儀をした。圭司の方はまだ記憶から、彼女を捜している最中だ。

「あの……黒岩さんは?」

「いや、ちょっと出かけているんですけど、ご用件は……?」

彼女ははじめて、圭司が自分を覚えていないことに気づいたようだった。その、失望した表情は、圭司を激しい自己嫌悪の中に突き落とした。

「……長谷川琴美《はせがわことみ》です」

それを聞いて、やっと思い出した。東中島の強盗事件の被害者だ。

姉妹ふたり暮らしの女性が、空き巣と鉢合わせてしまい、妹の方が腕を切りつけられた。現金二万円を奪われ、飼い犬がさらわれただけだから、被害としてはさほど大きいものではないが、事件であることには変わりはない。

琴美は、その妹の方だった。

言い訳をすると、圭司はこの事件に関しては、初動捜査しか関《かか》わらなかった。その翌日、コンビニ強盗が近所で発生し、そちらの方にまわされたのだ。

そのコンビニ強盗は、すぐに犯人逮捕にこぎ着けることができたが、長谷川姉妹の事件は、未だに解決できていないはずだった。

「黒岩さんに、お話ししたいことがあるんです」

大人しげな顔に、決意を滲《にじ》ませながら、彼女はそう言った。

「じゃあ、少し連絡を取ってみますから、そこのソファで待っていてもらえますか？」

そうことわって、席に戻って、黒岩の携帯に電話をかける。

呼び出し音を聞きながら、少し不思議に思う。黒岩だって、圭司と同じように、事件の担当ではない。たしか、最初に、彼女らの事情聴取をしただけだ。事件は、久保《くぼ》井《い》というベテラン刑事がメインになって、捜査を続けているはずだった。最近はいろんな事件が次々に起こったから、後回しになっていることには間違いないが。

黒岩の不機嫌そうな声が、電話に出た。

「あの、會川ですけど、今、いいですか？」

「なによ」

「長谷川琴美さんが、黒岩さんに話したいことがあるって言って、刑事課にきているんですけど？」

「長谷川？」

黒岩も、すぐには思い出せないらしかった。圭司は、続けて「東中島の強盗の……」と補足した。

「ああ、思い出した。でも、なんでわたしなの？　あれ、久保井さんの担当じゃない」

「そうなんですけど……なんか黒岩さんにって言ってます」

外回りに行っているのか、久保井の姿は見えない。黒岩は少し黙ると、それからこう言った。

「わかったわ。でも、夕方まで戻れないの。だから、代わりに彼女の話を聞いてくれない？」

「でも、女性同士じゃないと話しにくいとか、そういう理由なんじゃないでしょうか」

「なに言っているの。事件に関係あることだったら、それこそ、男も女も関係ないでしょ。それとも、あんた、強姦《ごうかん》事件の捜査は男にはできないとでも思っているの？」

「いえ、そんなことはないです！」

頼んだわよ、のことばを最後に電話は切れた。圭司はためいきをついて、受話器を置いた。

刑事課の片隅のコーヒーメーカーから、コーヒーを、紙コップにふたつ注《つ》いで、長谷川琴美のそばに戻る。

「お待たせしました。黒岩は夕方でないと戻れないそうですが……」

琴美の目が悲しげに曇った。

「どうも申し訳ありません」

そう言って頭を下げた圭司に、彼女はあわてて首を横に振った。

「いえ、いきなり確認もせずに訪ねてきたわたしが悪いんです。でも、どうしてもご相談に乗っていただきたくて……」

彼女は小さな声でつぶやいた。

「電話をすると……久保井さんにまわされてしまいそうで……」

それを聞いて驚いた。もしかして、久保井がセクハラかなにかしたのだろうか。圭司の知る限り、叩き上げの実直な男という感じで、そんなことをしでかしそうな人には思えないが。

「ごめんなさい。久保井さんが悪いというわけじゃないんですけど、あの人、少しも大事に考えていてくれないんです。わたしや、姉のことや、犯人を捕まえることには一生懸命になってくれるけど……ティアラのことは」

琴美がなにを言おうとしているのか、すぐにはわからなかった。ティアラというのはいったいなんなのだろう。まさか冠のことではあるまい。

「えーと……」

説明を求めようとしたが、彼女は下を向いてしまっていた。

「お金なんてどうだっていいんです。怪我だって、大したことなかったし、別に気にしていません。でも、ティアラには……かわりはいないんです。だのに、久保井さん、犬のことはもう諦《あきら》めて、別の犬を飼えばいいって……」

やっと、気づく。強盗に連れて行かれた、彼女の愛犬のことだろう。

たしかチワワだっただろうか。そういう小さくてしかも高価な犬は、盗まれて裏で取引されることが多い。実際にペットとして売られることもあるが、不妊手術をしていない犬ならば、繁殖用として売られ、その子供が高く売られる。血統書の偽造など、簡単にできる。

正直、一度盗まれて売られた犬や猫が戻ってくる確率は、ゼロに等しい。窃盗集団は、地元から離れたところで、動物を取引するし、もし、見つけることができたところで、そのペットが、盗まれたペットと同じであることを証明できるものなど、なにもないのだ。

だから、そういう意味では、久保井の言っていることは正しい。

だが、目の前の琴美は、涙まで浮かべている。彼女にとって、さらわれたチワワが大切なものであることもたしかなのだろう。

どうやら久保井の対応が不服で、それを黒岩に直訴しにきたらしいと気づいて、圭司は困惑した。久保井の方が、黒岩よりもずっとベテランだから、抗議することは難しい。それも、あきらかに久保井が悪いのならともかく、犬のことについてデリカシーを欠いた対応をしたというだけでは、こちらとしてはどうしようもない。

圭司はどう答えていいかわからず、周囲を見回した。あいにく、助け船を出してくれそうな人はいない。

琴美は、洟《はな》を啜《すす》ると話を続けた。

「でも、黒岩さんは言ってくれたんです。プロの手口っぽくなかったから、裏取引のつてを見つけることができずに、面倒になって捨ててしまう可能性もある。だから、迷い犬として、インターネットの掲示板に書き込んだり、貼り紙をして捜してみたらって。だから、わたし、こんなものを作りました」

そう言って、膝の上の紙袋から、一枚のコピー用紙を取りだして、圭司に差し出した。

パソコンで印刷したらしく、真ん中にチワワの写真が角度をかえて、三枚ある。飛び出しそうに大きな目をしたスムースヘアのクリーム色の犬だった。

――犬を捜しています。三月四日大阪市内で連れ去られました。メス、1・2kg 二歳、避妊手術済み。名前はティアラ。食が細くて、鶏のササミとごはんしか食べません。

「同じ文面で、ネットの迷い犬探しの掲示板にも何度も書き込みました」

――外耳炎で治療中なので耳を痒《かゆ》がります。右下の犬歯が折れています。テレビで犬が出ると、ぐるぐるまわって吠え続けます。洋服が好きで、自分から首をつっこんできます。靴下がなによりも好きで、くわえて走り回ります。

細かい特徴がいくつも、書き連ねてある。

「あれからずっと、どこからも連絡がなかったんですけど、昨日、一通のメールがきたんです。同じ特徴のチワワを保護したって」

「え、それはよかったですね」

笑顔でそう言った圭司だったが、琴美は首を横に振った。

「よくないんです。だって、そのティアラかもしれないチワワは、別の人が飼い主だっていって現れて、連れていったって言うんです」

　琴美の話によると、メールをくれたのは市内に住む主婦で、子供を公園で遊ばせているとき、ぶるぶる震える汚れたチワワを発見した。犬好きの女性で、すぐにそのチワワを保護して連れて帰り、餌をやってお風呂に入れた後、写真を撮って、近所の獣医に「迷い犬預かっています」という貼り紙を貼らせてもらったという。ティアラがさらわれた一ヶ月後、四月のはじめのことだったという。

　飼い主と名乗る女性は、すぐに現れて、そのチワワを連れて帰った。

　だが、二、三日前、その主婦はネットで、琴美の書き込みを見つけた。どの特徴も、自分の保護したチワワに当てはまる。もしかして、自分は間違った飼い主に犬をわたしてしまったのかもしれないと悩みながら、彼女は琴美にメールを送った。

「その子がその飼い主さんの犬で、ただいろんな特徴がティアラと同じというだけならばいいんですけど、もしかして、その子がティアラかもしれないし、その場合、わたしが勝手に連絡を取っていいものかと思ったんです」

　圭司は頷いた。最初は単に犬のことについて、感傷的な愚痴をこぼしにきただけかと思ってげんなりしたが、そうではなかった。琴美はずっと冷静な判断を下していたようだ。

もし、その犬が長谷川姉妹の飼い犬ならば、そこから犯人特定の手がかりが見つかるかもしれない。知り合いや身内にやったという可能性もあるし、もし、捨てられているのを拾ったとしても、どこに捨てられていたかを知ることで、なにかのきっかけに繋がるかもしれないのだ。

実際に同じ犬かどうかを証明するのは難しいが、もし同じ犬である可能性が高ければ、調べてみる価値はある。

チワワを保護した主婦の連絡先を聞いて、後は黒岩か久保井に相談してみることにする。この後のことを考えれば、焦って動くよりも慎重に行動した方がいい。

玄関まで、琴美を送っていったときに、圭司は励ますつもりで彼女にこう言った。

「その子がティアラちゃんであればいいですね」

だが、琴美の表情は晴れなかった。圭司から目をそらす。

「もし、その人の犬がティアラなら、証明して取り返すことはできるのですか?」

その質問には、圭司は答えられなかった。

今日は失敗ばかりの日だ。

結局、黒岩が帰ってきたのは、すでに暗くなってからだった。ひどく、ぐったりした顔のまま、自分の席に座ってためいきをつく。

「いったい、こんな時間までどこに行ってたんですか？」

圭司が尋ねると、面倒くさそうに前髪をかきあげて、こちらを見た。

「プライベートのごたごたなの。迷惑かけて悪かったわね」

「だれか、怪我か病気でも……？」

黒岩には、一緒に暮らしている男性はいるが、結婚しているわけではないし、むろん、子供もいない。急に仕事を放り出して飛び出さなければならないほどのごたごたなど、身内の怪我や病気以外に想像がつかない。

「そういうわけじゃないんだけど……」

そうつぶやいて、黒岩はふいに顔をあげた。圭司の後ろに向かって声をかける。

「どうしたの？　外で待ってなさいって言ったじゃない」

振り返ると、そこには小学生くらいの男の子が立っていた。高学年にはなっていないだろう。背は高めだが、身体が棒のように細く、表情が幼い。眼鏡の下の目が、おどおどと不安げに伏せられる。

黒岩は困惑した顔のまま、少年に近づいた。

「どうかしたの？」

少年は首を横に振る。

「なにもないです……でも……」

黒岩は顎《あご》で、刑事課の片隅にあるソファを示した。

「じゃあ、そこに座ってて。まだ仕事があるの。待っててくれる？」

少年は小さく頷くと、ソファに腰を下ろした。だが、目はまだきょろきょろあちこちをさまよっている。圭司は児童心理学の専門家でもないし、子供と接する機会もさほど多くない。それでも、その少年はひどく不安そうに見えた。

「あの子、どうしたんですか？」

「ああ、別に補導したわけでもなんでもないの。気にしないで」

気にしないでと言われても、やはり気になるが、黒岩が話すつもりがないのなら、圭司には関係のないことなのだろう。

　圭司は、長谷川琴美の話を黒岩に伝えた。黒岩は机に肘《ひじ》をつき、黙ったまま話を聞いていた。

「久保井さんには話した？」

「はい、さっき戻ってこられたので」

　久保井には、彼女が黒岩を訪ねてきたことは言わずに、単に署にいた圭司が話を聞いたことを伝えた。

「久保井さんは、あまり関心がないようでした。長谷川姉妹は、犬のことでとても神経質になっているから、実際その犬が本当にティアラではなくても、そう思いこんでしまう可能性も高い、と言ってました」

「なるほどね。それに、その飼い主が実際に強盗事件の犯人の関係者ならば、貼り紙を見て、出かけていくかしら。たとえ、その犬が本当に長谷川さんたちの犬でも、どこかに放置されたのを拾った可能性の方が高いでしょうね」

　そう言いながらも、黒岩は上着を手に立ち上がった。

「とはいえ、保護した人の話くらいは聞いてみても大した手間じゃなさそうね。帰る前に一仕事していきましょうか」

すたすた歩き出す黒岩の後を追いながら、圭司は尋ねた。

「あの男の子は？」

「ああ……、忘れていた」

黒岩は額を押さえて息を吐くと、少年の方を向いた。

「雄哉《ゆうや》、一緒にいらっしゃい。車の中で待っててもらうことになるけど」

少年は怯《おび》えた目のまま頷くと、ソファから立ち上がった。

車に乗り込んでからも、少年はひとことも喋《しゃべ》らなかった。助手席からバックミラーで少年の様子をうかがいながら、圭司は考えた。

——もしかして、黒岩さんの隠し子だったりして……。

そう考えると、少し面差しが似ているような気もする。あくまでもほんのちょっとで、確信はないが。

退屈そうな少年の様子を見かねて、圭司は鞄の中から、出勤時に買ったマンガ雑誌を取り出して、少年に差し出した。

「よかったら、今週号のジャンプ、読む？」

少年は目を見開いて、圭司を見た。

「あの……ありがとう。でも、車の中で読むと、酔うから……」

「ああ、そうだね」

雑誌を引っ込めようとすると、黒岩が後ろを振り返らずに言った。

「借りとけば？　この後、車の中でしばらく待ってもらうことになるから、退屈するわよ」

少年はそれを聞いて、おずおずと手を差し出した。

「じゃあ、いいですか？」

「ああ、いいよ。ぼくはもう読んだから、返さなくてもいいし」

少年が小さな声で礼を言うのにかぶせて、黒岩が言った。

「悪いわね。どうもありがとう」

木内智美《きうちともみ》というのがその主婦の名前だった。先ほど電話をしたとき、今日は夫も遅くなり、子供もいるので、できれば家に直接きてほしいと、彼女は言った。

彼女の住むマンションは、賃貸らしき小さな建物で、駐車場はなかった。マンションの脇に車を停めると、黒岩は少年に言った。

「もし、ここに停めちゃいけないと言われたりしたら、おばさんの携帯に電話をちょうだい」

少年はこくりと頷いた。

エレベーターを待つ間に圭司は黒岩に尋ねた。

「甥御《おいご》さんなんですか？」

「そうよ」

黒岩の返事はあいかわらずそっけない。もともと饒舌《じょうぜつ》なタイプではないが、あの雄哉という少年のことについては、よけいに口が固くなるようだ。

木内智美は、髪を男の子のように短く切った涼やかな女性で、笑顔で黒岩たちを部屋に招き入れてくれた。リビングでは、男の子ふたりが、どたばた走り回っている。効果がないとわかっているような口調で、「こらあ、静かにしなさい！」と叱《しか》ってから、黒岩たちに、ソファを勧めた。

「ごめんなさい。騒がしくて」

「いいえ、こちらこそ、夕食時間にごめんなさい」

黒岩のことばに、智美は笑って、首を横に振った。

「片づかないので、子供たちはもう食べさせたし、後は夫が帰ってくるのを待つだけだから」

　智美は、そのまま床に座って、圭司たちを見上げた。

「泥棒に盗まれたワンちゃんだったんですってね。わたし、そんなことまったく知らなくて……もっと気をつければよかったんですけど」

「いいえ、あなたのせいじゃないですよ。それに、長谷川さんの犬だと決まったわけでもないですから」

　だが、智美は少し目を伏せて話し出した。

「二、三日前に、ネットで長谷川さんの書き込みを見て、最初は違うと思ったんです。うちで保護したチワワは、ちゃんと飼い主さんが見つかったんだから。でも、だんだん不安になってきて、昨日の晩、長谷川さんにメールしました。それから、そのチワワの飼い主さんの電話番号を聞いていたんで、今日の昼間、電話してみました。でも、その番号が嘘だったんです」

　思わず、黒岩と圭司は顔を見合わせた。

「まったく、別の人に繋がって、その人はチワワなんか飼ったこともないし、なにも知らないって。そうしたら、さっき刑事さんからお電話をいただいて、やっぱりって思いました」

理由もなく嘘をつくはずはない。その人がわざわざ電話番号を偽ったのは、なにかやましいことがあるからだ。

「どんな人だったか覚えていますか」

「ええ、というよりも、一度会ったら忘れないし、とても目立つ人だから、次に遠くから見かけてもすぐわかると思います。三十代くらいの女性なんですけど、とても太っていて……歩くのも大変そうなくらい。背は低いけど、なんか小山みたいな人でした。それなのに髪の毛は真っ黄色に染めていて……ともかく目立つんです」

智美にとっては、非常に印象が悪かったらしい。首廻りの伸びたジャージを着て、手みやげさえ持たずにやってきたという。

「わたしだって、ワンちゃんがかわいそうと思ってしたことだから、お礼をしてもらいたかったわけじゃないんです。でも、口ですらなにも言ってもらえなくて、なんだか気分が悪かったです」

たしかに、保護している間の餌代だってかかっているし、手間だってかかっただろう。それを考えても、手ぶらというのは非常識だし、その上礼すら言わないのは、普通ではない。

「でも、ワンちゃんのことはとても可愛がっているみたいで、とても優しい声で『よかったね、よかったね』と繰り返していました。それを見たら、『まあ、いいか』と思ってしまったんですよね」

黒岩は身を乗り出して尋ねた。

「迷い犬の貼り紙を見て、その人はきたんですよね。どこに貼ったか覚えておられますか？」

智美が告げたのは、マンションから半径一キロ以内にある二軒の動物病院だった。電話帳を借りて場所と連絡先を調べる。幸い、一軒はまだ診察時間内で、もう一軒は診察時間は終わったものの、スタッフはまだ残っているという話だった。

圭司たちは礼を言って、智美の家を辞した。

「あまり広範囲に貼り紙をしてなくて助かったわ」

エレベーターの中で、独り言のように黒岩がつぶやいた。

車に戻ると、雄哉は外に出て、ドアにもたれるようにして立っていた。黒岩が怖い顔になる。

「中で待ってなさいと言ったでしょ」

少年は小さな声で、ごめんなさい、と言った。もともと不安そうな表情が、よけいに固くなる。きっと、退屈だったのだろう。

だが、黒岩の気持ちもわからなくはない。自分たちは、子供をめぐる犯罪をいつも身近で見てきている。

近い方の動物病院にまず行って、事情を簡単に説明する。受付の看護師は、女性の容貌を聞いて、少し考え込んだ。

「それ、轟木《とどろき》さんだと思うんですけど……。少し前もいらっしゃっていたし」

轟木有美《ゆみ》という女性は、この近くの一軒家に住んでいて、犬や猫をたくさん飼っているという。以前は、この病院の常連だったのだが、最近はあまり姿を見せないという。

「予防接種もあるし、犬だとフィラリアのお薬も必要だから、姿を見なくなったことは気にかかっていたんですけど、よその動物病院に通ってらっしゃるのかもしれませんし」

しかし、一ヶ月ほど前、急にその轟木という女性が動物病院のドアを押して入ってきた。だが、診察にきたわけでもなんでもなく、待合室にある貼り紙を見て、メモを取っただけで出て行ってしまったらしい。

「迷子とかがあると、ここの待合室に貼り紙をする人が多いですし、自分の飼っている動物が迷子になったのか、それとも迷子を保護したのかどちらかだと思って、なんとなく覚えていました」

実際、今でも待合室のボードには、迷い犬を保護したとか、捨て猫を保護したので貰い手を探している、といった内容の貼り紙が、いくつも貼られていた。

黒岩は看護師に頼んで、矗木の住所を探してもらった。

幸い、しばらく診察は受けていないが、カルテは破棄されてはいなかった。住所をメモして、黒岩は看護師に礼を言った。

「でも、とてもいい人ですよ。見かけはちょっと怖いけど」

看護師は心配そうな表情で、そう言った。

「捨て猫や捨て犬を拾って、よく病院に連れてきていました。そういうのを見捨てられないっておっしゃって。今はどうかわからないけど、以前は犬が五匹、猫が十四匹くらいいたんですけど、みんな捨て犬、捨て猫なんですよ。とてもいい人」

それは相当な動物屋敷だ。電話番号を偽るなんて怪しいと思ったが、そんな話を聞くと、盗んだものと知りながら、高価なチワワを欲しがるような人だとは思えない。

黒岩も同じように考えたのか、車に戻りながらつぶやいた。

「結末は、単に電話番号を書き間違えた、だったりしてね」

車に戻って、黒岩は後ろの席の雄哉に言った。

「もう一軒だけまわるわ。お腹空いたでしょうけど、我慢して」

少年は黙ったまま頷いた。

教えてもらった住所にたどりついて、路地に車を停める。ドアを開けた瞬間、黒岩は眉をひそめた。理由は圭司にもすぐわかった。犬の吠え声がするのだ。

それもちょっとやそっとではない。数匹の犬が交代で激しく吠え立てている。近所に住んでいる人は大変だろう。正直、こんな騒音をまき散らしていては、警察沙汰《ざた》になっても不思議はない。

驫木という表札がかかっているのは、古い木造家屋だった。まったく手入れはされていないようで、空き家にすら見える。ただ、中から何匹もの犬の吠え声が聞こえるだけだ。

黒岩はインターフォンを押した。返事はない。

留守なのだろうか。改めて出直した方がいいかもしれない。

だが、黒岩は険《けわ》しい顔のまま、門の前に立ち尽くしていた。中に声をかける。

「鸓木さん、いらっしゃらないんですか？」

返ってくるのは犬の声ばかりだった。

ふいに、向かいの家から、中年女性が出てきた。

「いらっしゃらないみたいですよ。一週間くらい、何度も声をかけたけど、お留守みたいだもの」

ためいきをつきながら、鸓木家を横目で見る。

「貴方《あなた》、お知り合い？　正直、ここしばらく犬の声がひどくて困っているの。前からよく吠えていて、我慢していたけど、この一週間は、あまりにもひどい。もしかして、犬を置いて夜逃げかなんかしたんじゃないのかって、近所の人たちで言っていたの。もう少し経っても、帰ってこなかったら警察に連絡しようって……」

黒岩が胸のポケットから手帳を出した。

「警察です」

「あら……まあ」

　中年女性は絶句して、黒岩と圭司を見比べた。

　黒岩は門を押して、中に入った。あわてて後を追う。

「會川くんは庭にまわって、中の様子を見られる窓がないか探して」

　黒岩の横顔に、普段とは違う緊張感が走る。彼女がなにを危惧《きぐ》しているのか、圭司にもかすかに想像がついた。

　死と接することの多い仕事だから、死の気配にひどく過敏になるのか。ただの取り越し苦労であってほしいと思いながら、圭司は庭へまわった。だが、庭に面した窓は、どれも分厚いカーテンが引かれている。

　圭司は玄関に戻って、玄関の扉を強打している黒岩に報告した。

「駄目です。中の様子はわかりません」

　家のそばにきたせいか、犬の声がよけいに響く。警戒して吠える声の中、ときおり、悲鳴のような声が混じった。

　黒岩は決心したように頷いた。

「仕方ない。窓を破るわ」

黒岩と圭司は、庭へとまわった。ちょうど庭の片隅に鍵のかかっていない物置があり、中に錆《さ》びた鍬《くわ》を見つけることができた。広い庭だから、以前は家庭農園にでもしていたのだろう。今はすっかり荒れて、雑草しか生えていない。隅の方には古い家電製品などがうずたかく積まれていた。

黒岩は、自分で鍬を持ち、力任せに窓ガラスに打ち付けた。防犯ガラスではなかったらしく、すぐにひびが入る。

「おれ、やります。黒岩さんはどいていてください」

黒岩は頷いて、鍬を圭司に渡した。

鍬を振り上げて、ガラスの鍵のそばを狙って打ち付ける。今度は、砕けて穴が空いた。

黒岩はハンカチを巻いた手を、その穴に入れて鍵を開けた。それから、胸のポケットから拳銃を取りだした。

圭司は息を呑んだ。彼女がそれを手にするところを見るのははじめてだった。

自分も拳銃を出すべきかと、おたおたポケットに手を伸ばした圭司に、黒岩は冷静な口調で言った。

「會川くんは、その鍬を持ってきて。たぶん、人間よりも犬の方が問題だわ」

圭司は頷いて鍬を拾い上げた。刑事にしては間抜けな格好だが、仕方がない。たしかに、黒岩の言うとおり、犬たちはひどく興奮しているようだった。いきなり飛びかかってこないとは限らないし、その場合は拳銃よりも、こういう大きなもので威嚇《いかく》した方がいいだろう。

鍵を開けて、中に入る。庭に面した和室には犬の姿はなかった。侵入者に気づいたのか、吠え声はよけいに高くなる。嫌な匂《にお》いがした。

「玄関に近い方から聞こえてくるわね」

廊下を通って、そちらに向かう。浴室とトイレの横を通ったが、人の気配はない。ただ、異臭がひどくなってきている。

あるドアの前で、黒岩は足を止めた。圭司にもわかる。犬たちの声は、このドアの向こうから聞こえてきていた。

犬も、侵入者がドアのこちら側にいることがわかったのだろう。ドアに体当たりをするような音すら聞こえてくる。

黒岩は、足でドアを蹴りつけた。

いきなり響いた音に、犬たちの声が止んだ。怯えた声になり、ドアから離れていくのがわかった。

「いくわよ」

圭司は頷いて、鍬の柄を握った。柄の方を上にして持って、いきなり犬が飛びかかってきても、脅かせるように構える。

黒岩はドアノブをまわして、足でドアを蹴り開けた。

そこはリビングダイニングらしき洋室だった。外からカーテン越しに差し込む街灯のせいで、真っ暗ではないが、なにがあるのかはわからない。犬たちも怯えたのか、こちらに飛びかかってくることはなかった。

だが、その部屋には無数の動物の気配があった。一匹や二匹でも、五匹や、六匹でもない、もっとたくさんの生き物の気配。その生き物たちが、すべて黒岩と圭司の動向を、息をひそめてうかがっていた。いくつか、暗闇に光る目も見えた。

黒岩は手探りで、明かりをつけた。

その光景を、圭司は一生忘れないだろう。

絨毯も、ソファも、動物の糞尿で汚れていた。糞尿と——褐色に染まった血と。

刑事になってから、死体はいくつも見た。目を背けたくなるようなものにも、多少は慣れた。だが、この部屋はそれとはまた違った。

地獄だ。圭司はそう考えた。

あちこちに、犬や猫の死骸が転がっていた。ほとんどの死骸には腹部がなく、それがなぜかは、すぐにわかった。ほかの犬が喰らったのだ。死骸には子犬のものが多かった。生きていれば、見ただけで微笑まずにはいられないような赤ん坊の犬が、固く身体を強ばらせて、無惨な姿になっていた。

死骸に混じって、まだ舌を出して、震えている犬もいた。

生きてはいる。だが、足は真っ赤で骨さえ見えるほどのひどい傷があり、そこには蛆《うじ》が湧いていた。

まだ生きている犬たちは、怯えたように奥に固まっていた。十匹以上いることはたしかだった。前にいる大きな犬だけが、低いうなり声を発していた。シェパードの混じった雑種のように見えたが、口の廻りが渇いた血で固まっていた。

後ろにいる骨と皮だけの犬は、皮膚に固く盛り上がった出来物がいくつもあり、その一部は破れて、血と膿《うみ》を流している。毛がほとんど抜けてしまって赤裸の犬さえもいる。耳を食いちぎられて、そこに蛆が湧いているものもいる。

そして、いちばん奥。窓のカーテンレールに、紐《ひも》が掛かり、重みでカーテンレールが歪《ゆが》んでいた。

小山のように太った女性が、首を吊っていた。

第二章　疑惑

北警察署に応援を頼んで、電話を切った。ここは南方署の管轄区域ではないし、大阪府警に連絡するほどの大事件ではない。

たぶん、自殺――たぶん発作的な。もし、それに疑いが浮かんで変死ということになれば、北署から府警に応援を頼むだろう。

先ほどの部屋に戻ると、黒岩がアルマイトの大鍋に水を汲んできたところだった。

現場保存が鉄則だが、見てはいられなかったのだろう。それに、こんなに荒れた部屋では、神経質になったところで仕方がない。

水を置くと、犬たちの反応が変わった。まだひどく怯えていて、唸り声をあげるものもいたが、我先に大鍋に群がって、水を飲み始める。

いったいどのくらいここに閉じこめられていたのだろう。水も餌もないまま、仲間を喰らい、犬たちは必死に生き延びていた。

見れば、食器棚の上から、がりがりに痩せた猫が数匹顔を出している。犬に殺されないために、高いところに逃げていたのか。

水を飲みたくても、犬が恐ろしくて下りてこられないのだろう。黒岩も猫たちに気づいたようだった。

デジタルカメラで現場の写真を撮影していた黒岩が言った。

「あそこのテーブルの上なら、犬に邪魔されずに水が飲めるんじゃないかしら」

圭司は頷いて、台所に向かった。シンクの中には洗っていない食器がうずたかく積み重ねられ、異臭を放っていた。シンクの下を開けてみると、プラスティックのボウルがいくつか見つかった。そのひとつに水を張る。

台所には、封を開けたドッグフードやキャットフードの大袋があった。どれも、ホームセンターで安い値段で叩き売られているもので、圭司なら自分の飼い猫には絶対に与える気になれないものだが、あれほどたくさん犬猫を飼っていれば、餌にお金をかけられなくても無理はない。

それにしても、犬や猫を閉じこめたまま、自殺するなんて。死者を鞭《むち》打ちたくはないが、あまりにも残酷なやり方だ。せめて自由にしてやれば、無事生き延びるものも増えただろうに。

パトカーの音が聞こえてくる。北署が到着したようだ。

水を汲んで居間に戻ると、黒岩はそこにいなかった。玄関の方で話し声がしたから、そこで北署の刑事と話をしているのだろう。

室内に、足を踏み入れると、水を飲んでいた犬が、低い唸り声をあげた。

廊下に放り出したままの鍬を手に取り、柄を振り回すようにして追い払うと、唸りながら後ずさりする。

糞尿を踏まないように、とはもう考えない。せめて死骸は踏まないようにしながら、壁に沿って部屋を移動し、テーブルの上に、水の入ったボウルを置いた。

猫たちが、食器棚の上から飛び降りて、ボウルに群がった。八匹はいた。まだ怯えて下りてこられない猫もいるから、十匹以上いるだろう。

死骸も、二、三匹ではない。数える気にもなれなかった。いったい、この鳰木有美という女性は、何匹の犬猫を飼っていたのだろうか。

犬たちが水を飲み干したのだろう。まだ飲み足りない犬が、前足で鍋をがたがた鳴らしている。

鍬の柄で犬をどかせながら、近づいて、鍋を手に取った。

ふいに、臑《すね》に柔らかいものが触れて、圭司は息を呑んだ。振り返って身構えると、がりがりに痩せた犬だった。

唸ってはいないし、怯えてもいない。ただ、すがるような目で圭司を見上げて、力無く尾を振っていた。

ふいに涙がこみ上げ、視界が滲む。

こんな目に遭わされても、人を慕う犬もいた。


入ってきた北署の警察官たちに挨拶《あいさつ》をして、圭司は玄関に立っている黒岩の側に行った。

彼女はドアにもたれたまま、圭司にちらりと目をやった。どうやら機嫌が悪いらしい。

「事情は説明したわ。もう帰っていいそうよ」

北署にすれば、管轄外の署に首をつっこまれるのは面倒なのだろうが、自分たちも一応警察官である。ただの目撃者のように扱われるのは、少し腹が立つ。

「ま、帰れと言われれば帰るまでですけどね」

黒岩は足早に玄関を出て、車の方に向かった。パトカーの音を聞いて出てきたのか、近所の人たちが、遠巻きにこちらを見ていた。

ここへきて、やっと、圭司は自分がここにきた目的を思い出した。

「チ、チワワは！」

黒岩は呆《あき》れたようにためいきをついて、圭司をにらみつけた。

「水をやる前に探したわよ。チワワなんていなかったわ」

そう言ってからつけくわえる。

「もっとも、いたとしても頭からばりばり食われてしまったでしょうね。あの状況では」

恐ろしいことをさらりと言う。水をやっていたから、愛想がないのは人間相手にだけで、動物には優しいのかもしれないと一瞬思ったが、別にそういうわけではないようだ。

時計を見ると、すでに十時近くなっていた。家に置いてきた子猫のことが、急に心配になる。

宗司は、夕方六時には家を出てしまうはずだ。早く帰らないと、お腹を空かせているだろう。

車の中では雄哉が大人しく待っていた。車のドアを開けて、中に乗り込もうとしたときだった。

鸓木家の中から、男の悲鳴が聞こえた。続いて銃声と、犬の悲痛な鳴き声。

圭司と黒岩は顔を見合わせた。

黒岩は舌打ちして、車のドアを閉めた。後部座席の雄哉に声をかけて、外に出るように言う。

「悪いけど、まだ帰れそうにないわ。今からタクシーを呼んで、うちまで送るように言うから、先に帰っていなさい。家に帰ったら智久《ともひさ》に、ごはん食べさせてもらって」

雄哉は黒岩の表情をうかがうような仕草を見せた。喜んでいないことは圭司にもわかる。たぶん、不安に感じているのだろう。

黒岩の家にいるのは、彼女の同棲相手の智久である。どうやら雄哉とは面識があるようだが、それでも他人の家にひとりで行くのは気が重いはずだ。

家の中から、また人の悲鳴があがる。黒岩は、目で圭司を促した。

「わたしはこの子をタクシーに乗せてから行くから」

圭司は頷いて、小走りに家へと戻った。玄関から中に入ると、廊下でひとかたまりになっている北署の警察官たちが目に入った。

「なにかお手伝いできることは……」

そう声をかけると、ひどく背の低い男がこちらを向いた。歳は圭司とそう変わらないようだが、ただ若く見えるだけかもしれない。童顔のところに、レンズの分厚い黒縁眼鏡をかけているから、よけいにわかりにくい。

「南方署の？」

「會川圭司です」

彼は、自分は名乗らずに頷いた。

「中に入れないのです。ひとり、腕を噛《か》まれました。どうやらかなり気が立っているようだ」

圭司は先ほど台所に行ったことを思い出した。

「台所にドッグフードがありました。あれで気を引くことができるかもしれません」

黒縁眼鏡の男が頷くと、制服警官が台所に走っていく。黒縁眼鏡は、あからさまにためいきをついた。

「まったく、迷惑なことだ。こんな状態で自殺するなんて」

それは圭司も同感である。

遺体のある部屋の前で、ひとりの刑事が拳銃を構えたまま、歯を食いしばっていた。腕から血が筋になって流れ、腕まくりしたシャツの袖を濡らしていた。犬に噛まれたようだった。

見れば、入り口の側で犬が倒れている。先ほど圭司たちに唸った、シェパードに似た犬だった。額に穴が空き、血が顔を濡らしていた。舌を出しているが、もう息はないようだ。

銃声は、この犬が撃たれた音らしかった。人に危害をくわえたのだから、仕方がないことなのだろう。だが、こんなひどい状況に置かれなかったら、この犬だって人に噛みついたりはしなかったかもしれない。

「この様子だと、狂犬病の予防接種などはしてないだろうな」

銃を持った男は、圭司の視線に気づくと、そう吐き捨てるように言った。背が高く、薄い唇をした三十代くらいの男だった。渋く整った顔のせいで、なぜか状況が現実ではなく、刑事ドラマの一部のようにすら見える。

「狂犬病を持っている犬なんて、今、日本にいないわよ」

相変わらず感情のない声は、黒岩だ。雄哉をタクシーに乗せて戻ってきたようだった。

拳銃を持った刑事はむっとしたように黒岩をにらみつけた。

「黒岩さん、なにか忘れ物でも?」

「手こずっているみたいだから、お手伝いでもと思ったの」

黒岩は、その刑事を押しのけるようにして、中をのぞき込んだ。先ほどの黒縁眼鏡の男が言う。

「遺体を下ろそうとすると、急に犬たちが向かってきました。飼い主を守ろうとしたのかもしれません」

黒岩は眉をひそめてつぶやいた。

「自分たちをこんな目に遭わせた飼い主なのにね」

銃を持った刑事が、小さく舌打ちした。

「こんな時間では、保健所にきてもらうこともできないですね」

「こんなご時世では、いきなり保健所というわけにはいかへんやろ。市民からなにを言われるかわからんし、先に愛護団体に相談してからや」

黒縁眼鏡のことばに、背の高い刑事がためいきをついた。

「まったく、面倒な世の中ですね」

会話を聞いて驚く。どうやら黒縁眼鏡の方が先輩か上司らしい。

先ほど、ドッグフードを取りに行った制服警官たちが戻ってきた。容器が見つからなかったのか、袋ごと持ってきたようだ。

犬たちの中には、餌の気配に気づいたのか、鼻をひくひくさせているものもいる。だが、恐れているのか、近寄ってこようとはしない。

「残念ながら、効果はないようですね」

ふいに、黒岩が部屋の中に入った。犬たちの唸り声が大きくなる。黒岩は先ほど水を入れたアルマイトの鍋まで歩いていき、それを力任せに蹴りつけた。

金属が転がる高い音に、犬たちは驚いたように飛び上がり、そのままダイニングテーブルの下に逃げ込んだ。キャインキャインと怯えた鳴き声をあげる犬もいる。

その隙に、黒岩はリビングとダイニングを隔てている、アコーディオンカーテンを閉めた。

たかがアコーディオンカーテン一枚だが、犬たちはそれを突き破ってまで、リビングに戻ってこようとする気配はなかった。

ダイニングで唸り声はするが、先ほどよりは大きくない。むしろ、人と自分たちの間に隔たりができたことで、少しほっとしているようだった。

鑑識たちが、中に入り、現場検証をはじめる。緊張感が少し引くと同時に、部屋の異臭をより強く感じた。

黒縁眼鏡の男が、手袋をして窓を開けていた。さすがにこの臭気は堪え難い。

「黒岩さん、どうもありがとうございます。助かりました」

眼鏡の男はそう言って頭を下げた。それから、圭司に向かって名刺を差し出した。

「ご挨拶が遅れて申し訳ありません。わたしは北署の三井《みつい》と申します」

名刺には、北警察署刑事課警部補、三井薫《かおる》と書かれていた。まさか警部補だとは思わなかった。見かけは若いが、実際はずっと歳をくっているようだ。それとも、エリートなのか。

「ともかく、今日はもう遅いから、現場検証の後、遺体を運び出して終わりにしましょう。この動物たちをどうするかについては、保健所や愛護団体などと相談して、明日以降に決めることにします。強盗事件の捜査で、こちらにはこられたそうですが、もし、北署でご協力できることがあれば、遠慮なくおっしゃってください」

「動物たちは、どちらにせよ、ここから連れ出すのでしょう」

黒岩の質問に、三井は頷いた。

「身内か友人かが、ここにきて面倒を見られるというのなら別ですが、そうなるでしょうね」

「じゃあ、その後に、この家を調べさせてほしいの。もちろん、死体になにか不審なところがあって、捜査ということになるのなら、その後でいいから」

「わかりました」

検分が終わったのか、遺体が下ろされて、数人がかりで運ばれていく。

床に近いところから、悲しげな声がした。

見れば、足を怪我して動けない犬だった。骨の見えた傷口は正視できないほどむごたらしい。ぜいぜいと鳴る喉《のど》の音から、ひどく衰弱していることがうかがえた。

黒岩も圭司の視線の先に気づいたらしかった。三井の方を見て言う。

「現場検証が完全に終わってないところ、申し訳ないけど、あの子、病院に連れて行ってやってもいい？」

それから、つけくわえる。

「無駄かもしれないけどね」

三井も頷いた。

「そうですね。でも、もしかすると助かるかもしれない」

黒岩は一度部屋から出て行き、薄いバスタオルを持って戻ってきた。それで、犬を包んで抱き上げる。犬はもう抵抗する気力もないようだった。

黒岩と圭司は、北署の人々に挨拶をして、家を出た。犬を車の後部座席に乗せて、先ほど、驫木有美について教えてくれた動物病院へと戻る。

幸い、スタッフはまだ残っていた。手短に事情を説明すると、先ほどの看護師はひどく驚いていた。

犬はすぐに診察室に運び込まれた。

黒岩と圭司は、待合室のソファに腰を下ろした。自分が鉛のように疲れ切っていることに気づく。

黒岩がぽつり、と言った。

「こんな事件は、もうまっぴら」

圭司は頷いた。もちろん、うれしい事件などない。だけど、今日は疲れた。ひどく疲れてしまった。

ふいに黒岩が圭司を見た。

「會川くん、もう帰ってもいいわよ。急ぎの用事があったんでしょ？」

「え、どうしてですか？」

「何度も時計を見ていたから」

確かに家に置いたままの子猫のことが、気にかかっているのは事実だ。まあ、昨日のうちにずいぶん回復していたから、そう簡単に死んでしまうことはないと思うが。

「じゃあ、すみません。失礼していいですか」

「ええ、お疲れ様」

ドアを開けて出て行こうとしたとき、診察室から黒岩が呼ばれた。一瞬、気になったが、黒岩が「行け」と合図をするので、そのまま出ることにした。

大通りに出て、タクシーを探しながら、圭司は考えた。

あの犬は生き延びることができるのだろうか。


部屋に帰ると、真っ暗な中、子猫のちぃちぃ鳴く声がした。

あきらかに腹を減らせている声だったが、しっかりとした力があり、圭司は胸を撫《な》で下ろした。結局十二時近くになってしまったから、弱っていないか心配だったのだ。

しかし、このまま子猫に触るのはどうも心配だ。あんなにひどい状態の動物たちと同じ部屋にいたから、なにか病原菌をつけてかえってきたかもしれない。

スーツとワイシャツはそのままゴミ袋に入れて、クリーニングに出すことにして、靴下とアンダーシャツは洗濯かごに、そして自分自身はシャワーを浴びることにした。

全身を洗って、パジャマに着替えて、やっと子猫のいる自室に入る。

明かりをつけてみて、驚いた。部屋の真ん中に、今朝まではなかったケージがあり、その中に子猫が入っていた。

子猫はケージの隙間から鼻先を突き出して、必死に圭司を呼んでいた。

たぶん、宗司が今日買ってきたのだろう。昨日、自由にさせていた子猫は、何度も太郎の後を追いかけて、そのたびに猫パンチを食らっていた。子猫はまったくめげた様子はなかったが、太郎が本気になって怒れば、子猫などひとたまりもないだろう。

留守の時、ケージに入れておけば、そんな事態は避けられるし、太郎もストレスを溜めずにすむ。

ケージの中には、ペットボトルをタオルでくるんだものが入れてあった。湯を入れて、湯たんぽ代わりにしてあるらしい。

圭司は子猫を出してやると、ミルクを作って飲ませた。子猫は、昨日よりも力強く、ほ乳瓶に吸い付いてきた。

たっぷりとミルクを飲んで、満足げになった子猫を抱いて、ガーゼで肛門をマッサージしてやった。だが、排便はなく、圭司は首を傾げた。

宗司が出かける前に、マッサージしてやったのかもしれないが、それにしたって時間が経っている。もしかしたら便秘かもしれない。朝まで様子を見て、まだおかしいようだったら、獣医に行った方がいいだろう。

子猫はじゃれているつもりか、圭司の手をがじがじと噛んでいる。

小さな歯の感触は棘《とげ》のようだったが、痛いとは感じなかった。

むしろ、あの部屋にいた犬たちの視線の方が、ずっと痛かった。


翌日、出勤した圭司は、まっすぐに黒岩の席に行った。

「昨日の犬、どうでしたか？」

黒岩は圭司の方を見ずに言った。

「駄目だったわ」

一瞬、尋ねたことを後悔した。黒岩は淡々と話し続ける。

「足の傷もひどかったけど、背骨も折れていたらしく、下肢自体に血がもう流れていない状態だったんだって。もう手の施しようがないということで、安楽死を勧められたわ」

息を吐いてから、黒岩はつぶやいた。

「ともかく、最後に楽にしてあげられてよかったとでも思わなくちゃ」

重い気持ちが胸の底にわだかまる。

「ぼくたちが、もう少し早く、あの家に辿《たど》り着けば、助けてあげられたんでしょうか」

「そんなこと考えても仕方ないでしょ。だいいち、昨日の段階で生きていた犬たちだって、助けられるかどうかわからないのに」

言われてみれば、たしかにそうだ。恐ろしい目にあって、人を信じなくなった犬たちの里親を見つけるのは難しいだろう。あきらかに皮膚病を患っている犬たちも多かった。

ふいに黒岩の携帯が音を立てた。電話に出た黒岩は、なぜかちらりと圭司を見た。席に戻ろうとしていた圭司を、引き留めるような仕草を見せる。

短い会話の後、黒岩は電話を切った。

「北署の三井さん。動物愛護ボランティアの人たちが、今日動物たちを引き取りにくるそうよ。北署では、ほぼ自殺ということで決まったらしいから、鷽木家を調べてもいいって」

「行くんですか？」

「一応ね。チワワがいたかどうかだけでもわかればいいんだけど。會川くんは、調書はもう書いた？」

「終わりました」

昨日一日、放っておかれたおかげで、という嫌みは飲み込む。雄哉を連れてきていたということは、家庭内のごたごたがあったらしい。

鷽木家のそばまで行って車を降りると、また犬の声が聞こえた。今度は、家の中からではなく、外からららしく、ダイレクトに響く。また近所の主婦たちが、遠巻きに眺めていた。

門の前に、ワゴン車が横付けにされている。中年の女性と、高校生くらいの若い男が、犬の入ったケージをワゴン車に積み込んでいた。

圭司たちが近づくと、中年女性が頭を下げた。日に焼けて、肌にはしみが浮いているが、ノースリーブからのぞく腕は引き締まっている。溌剌《はつらつ》とした印象の女性だった。

「うるさくてどうもすみません。すぐに車を出しますんで、少しだけ我慢していただけますか？」

黒岩が手帳を見せると、女性は歯を見せて笑った。

「警察の方ですか。わたしはこういうものです」

差し出された名刺には、犬猫シェルター「緑の家」代表、音無瑤子《おとなしようこ》と書かれていた。

「とりあえず、病気もひどくなくて、性格の大人しい犬は、こちらで引き取って、里親を探すことにします」

ワゴン車の中のケージには、昨日圭司にすり寄ってきた、痩せた犬も入っていた。少しだけほっとする。

黒岩がワゴンの中をのぞき込みながら尋ねる。

「こんなに何匹も引き取って大丈夫なんですか？」

音無は、少しだけ笑って頷いた。

「うちは河内長野の山奥だから、場所は広いんです。正直、もういつも一杯でぎりぎりなのはたしかだけど、工夫すればなんとかなります。この子たちは、わたしたちが助けなければ、ほかに行くところがないんですし」

自分に言う権利があるのかとは思いながら、圭司は「お願いします」と頭を下げた。

だが、音無は目を曇らせた。

「中でボランティアの獣医さんが、診察をしてくれています。悲しいけど、半数以上は安楽死させることになると思います。治療が難しい病気だったり、精神的にひどいショックを受けて、人間に攻撃的になっている子の里親を探すのは難しいですし、こちらで死ぬまで面倒を見られる子の数は限られていて、すでにぎりぎりなんです。力が足りなくて、本当にすみません」

音無が謝るようなことではない。彼女がいなければ、今ワゴン車に乗っている犬たちも保健所行きだっただろう。

音無は、もう一度頭を下げると、ワゴン車のドアを閉めて、自分は運転席に乗り込んだ。運転席の窓を下げながら言う。

「うちを手伝ってくれているボランティアのスタッフが、中で猫の様子を見ています。この後、猫を引き取りにまたきます」

そう言って、ワゴン車はゆっくりと発車した。走り去っていくのと同時に、犬の声も少しずつ遠くなっていった。

圭司たちは、家の中に入ることにした。玄関先には、昨日犬に噛まれた刑事が立っていた。

黒岩は、彼をちらりと横目で見ると、圭司に言った。

「北署の草間さん。同期なの。こっちがうちの新人の會川」

草間と呼ばれた男は、首だけを動かしてそっけない挨拶をした。同期と言うが、雰囲気は険悪で、正直仲がよいとは思えない。だいいち、普通ならば、先に圭司を草間に紹介するのが筋だ。

もしかして、昨日黒岩が不機嫌そうにしていたのは、草間となにかやりあったのかもしれない。三井とは普通に話をしていた。

「二ヶ月も前の強盗事件を未だに追っているとは、南方署は暇なんだな」

いきなりそんなことを言う草間の横を通り抜けながら、黒岩は顔も見ずに言った。

「南方署が暇なんじゃなくて、わたしが暇なのよ」

どう返事をしていいのか迷っている草間を置いて、黒岩はずんずん中に入っていった。中には三井がいて、黒岩と圭司に向かって頭を下げた。

「やはり自殺ですか？」

黒岩の質問に、三井は黒縁眼鏡を指で押し上げながら頷いた。正直、学生服でも着せれば、高校生にでも化けられるのではないかと思う。いったいいくつなのだろう。

「縊死《いし》跡にも疑わしいところはないし、爪もきれいだった。鑑識の見解も、自殺で間違いないだろうということでした。自殺する動機もある」

「動機？」

「調べてみると、数ヶ月前から犬の吠え声がうるさいということで、近所の交番や保健所に何度も苦情の電話がかかってきていました。もともと、犬や猫を何年も前から多頭飼いしていたらしいのですが、それまではさほどひどくなかったものの、ここ一年くらいで急に近所迷惑になるほどの騒音を出し始めたらしい。またゴミ出しの日を守らないとか、分別をしないなどのルール違反も多く、近所と諍《いさか》いが絶えなかったようです。家の中を見てもらえればわかると思いますが、ひどく乱雑で衛生的にも問題がある。轟木有美が精神的に不安定な状態にあったことは間違いありません」

それだけでは、はっきりとした動機とはいえないのではないか、と圭司は一瞬考えた。黒岩も同じ気持ちだったらしく、釈然としない顔をしている。三井は話を続けた。

「いちばん重要なのは、金銭的な問題です。彼女は五年前に母親を亡くした。父親はその三年前に亡くなっていたし、兄弟もいない。親戚ともほぼ、交流は途絶えた状態で、まったくのひとり暮らしです。だが、彼女はここ十年ほどまともに働いたことがない。バイトさえもしていない。生活費や動物の餌代は、両親が残した貯金や保険金などでまかなっていたようです。だが、それももう残り少ない。母親が死ぬ前は三千万以上あった通帳の残額は、今はほとんどゼロに近い状態だ。間違いなく、彼女は追いつめられていた」

　はっきりとしたなにかではなく、たぶん、現実に。

　ひきこもったまま、動物の世話だけに明け暮れて、だが少しずつ減っていく通帳の残高に、彼女の精神は少しずつ擦《す》り切れていたのだろう。数ヶ月前から、家も生活も荒れ始め、とうとう事態を打開する術《すべ》が見つからないまま、彼女は自ら命を絶った。愛する動物たちを道連れにして。

「遺体は、遠方に住む、従姉妹が引き取ってわずかな親戚で葬儀をあげることになったそうですが、家にいる動物たちについては、すべて処分してほしいと言われました。幸い、音無さんが半数近く引き取ってくれることになったので、すべてを殺処分しなくてもよさそうですが」

「もう、保健所に？」

　黒岩がそう尋ねると、三井は首を横に振った。

「いえ、まだ家にいます。音無さんの親しい獣医が、後でボランティアで安楽死の注射をしてくれるそうです」

「でも、声がしないわ」

黒岩が不思議そうに、奥を窺《うかが》った。たしかに、音無のワゴンの中で、犬たちは激しく吠え立てていた。家に残された犬は、連れて行かれた犬よりも凶暴で、手に負えないものたちのはずなのに、家は静まりかえっていた。

「そういわれれば、さっきから静かですね」

三井はリビングの方へ歩いていく。圭司と黒岩も後に続いた。

リビングでは、白衣を着た男性がふたり、犬たちの様子を見ていた。ケージに入れられている犬がほとんどだったが、なぜかどの犬もぺたりと床に寝そべって大人しくしていた。

三井が声をかけた。

「静かになりましたね」

「鎮静剤の注射を打ちましたから。しばらくは落ち着いていています」

年上の方の男性が立ち上がった。穏やかそうな顔立ちをした人だった。歳は四十近いだろうか。

三井は、彼に圭司と黒岩を紹介した。

「こちらは獣医の伊藤《いとう》さんです。南大阪大学獣医学部の先生でもあります。そして、あちらが手伝ってくれている学生さん」

「野島《のじま》です」

犬の側に座ったままの青年がぺこりとお辞儀をする。

「今回はお世話になります」

黒岩が頭を下げると、伊藤は居心地の悪そうな笑顔を浮かべた。

「音無さんには頭が上がらないんですよ。感謝していただくようなことはまったくしていません」

「動物たちの様子はどうですか？」

圭司がそう尋ねると、とたんに伊藤の表情が曇った。

「考えていたよりも悪いです。閉じこめられたことの肉体的、精神的なダメージも大きいですが、もともとの管理もかなり悪い。アカラスを患っている犬も多いですし、フィラリアの末期状態で、腹水が溜まっている子もいます。たぶん、音無さんが引き取った子たちの中にもフィラリアが陽性の子は多いでしょう。まったく予防薬を飲ませていなかったようですから」

　さきほど、三井から鷗木有美の財政状況に余裕がなかったことを聞いた。犬を病院に連れて行くこともできなかったのかもしれない。

「つらい仕事ですが、ここに残っている子たちは、安楽死させることになると思います。病気の進行が早く、先が望めない子と、人間に対して攻撃的になってしまっている子ですから」

「どうしても、ほかに方法はないんですか？」

　三井がそう言った瞬間、伊藤の表情が険しくなった。

「ならば、三井さんが一匹でも引き取ってくださいますか？」

　三井は絶句した。返事に困ったらしく、ぎこちない笑みを浮かべている。

　さきほどの三井のことばは、圭司の気持ちでもあった。ほかに方法があるのなら助けてやりたい。

　だが、凶暴になった犬や、病気で先の短い犬を引き取ることは圭司にもできない。そう、助けたい気持ちは、伊藤や音無だって同じ、いや、もっと強いはずなのだ。

　伊藤は、ふうっとためいきをついた。

「すみません。やはり生き物を安楽死させる前は、神経質になってしまって……」

「おっしゃることはわかります」

三井は神妙な顔でそう言った。

「音無さんのところにも、人に心を許さなくなった犬や、障碍《しょうがい》があり介護が必要な犬がたくさんいます。ですが、あそこのスペースもいつだっていっぱいなんです。一匹でも多くの生き物を助けるために、里親がつく可能性が低い子たちは諦めなければなりません。つらいけど、でもそれが現実です」

同じ一匹でも、穏やかで健康な子ならば、早く里親を探すことができて、空いたスペースと資金でまた次の不幸な犬を保護することができる。いくら努力しても、資金とスペースには限りがある。

音無にしろ、伊藤にしろ、彼らが悪いわけではない。彼らのせいで、動物たちが殺されるわけではないのだ。だのに、重い選択は彼らの手にゆだねられ、彼らは罪の意識と常に隣り合わせにいるのだろう。

重くなった空気を変えるためか、黒岩がケージをのぞき込みながら言った。

「それでも、よくあんなに吠えていた犬に注射できましたね。さすがプロです」

今まで黙っていた野島が、奥に視線を向けながら言った。

「ああ、彼女が手伝ってくれたんですよ。嚙まれてまで、きちんと犬たちを押さえ込んでくれました。本当に助かりました」

それまで気に留めていなかったが、ダイニングテーブルのそばに女性がひとりいた。華奢《きゃしゃ》で髪の短い、少女のような雰囲気の女性だった。彼女はこちらを向いて、控えめに会釈をした。

縁なしの眼鏡をかけているし、服装はジーンズとTシャツなのだが、それなのに、垢抜《あかぬ》けた印象がある。まるで、洗い立ての生成《きなり》の布のような人だった。

「安藤早紀《あんどうさき》さんです。音無さんのところのボランティアスタッフです」

痩せた猫を抱きながら、彼女は黒岩と圭司に向かって微笑んだ。

腕には真新しい包帯が巻かれていた。犬に嚙まれた傷なのだろう。

すっと空に向かって延びた葦のようだ、と圭司は思った。薔薇や百合のような華やかさではなく、もっと素直な魅力があった。

野島が半分笑いながら言った。

「刑事さん、彼女にみとれても駄目ですよ。早紀さんは、うちの先生の婚約者なんです。残念がっている男たちはたくさんいますが」

それは、本当に残念だ。圭司は、いやいや、と冗談めかして笑いながら、心底そう思った。伊藤のことが羨ましい。

安藤早紀は、猫たちを優しい声でなだめながら、身体のあちこちを確かめている。昨日はあきらかに怯えて、びりびりした空気を発していた猫が、彼女の腕の中ではリラックスしていた。

圭司は、彼女に近づいた。自分も猫好きだから、話しかける材料はいくらでもある。

「猫たちはどうなるんですか？」

「確かめてみましたが、やはりひどい状態です。でも、犬のように攻撃的にこちらに向かってくる子は少ないですし、身体に異常を来している子は、伊藤先生のところで入院させ、さほどひどくない子は音無さんのところで里親を探すことになると思います」

圭司は少し考え込んだ。太郎はほかの猫が嫌いだが、チビがいることには慣れたみたいだし、もしかしたらうちでも一匹引き取れるかもしれない。寮長さんも「猫同士は相性が悪くても、適当に距離を置くからさほど問題はない」と言っていた。

なによりも、こんな悲惨な状態を目にしてしまうと、自分もなにかしたいと思わずにはいられない。

「一匹くらいだったら、うちでも飼えますよ。猫、あと二匹いるけど」

思い切ってそう言ってみた。だが、早紀は首を横に振った。

「ほかに猫がいる人のところには、里子に出せません。さっき、猫エイズの症状が出ている子がいたから、ここの猫たちはみんなエイズキャリアだと思います。キャリアでも発症しない場合も多いから、他の猫と完全に隔離すれば大丈夫ですけど。それ、無理ですよね」

確かに無理だ。広い家ならまだしも、圭司のいる寮は、2DKである。

考えの甘さを思い知らされた気がして、圭司はがっくりとうなだれた。

「でも、ありがとうございます。そんなこと言ってくれる人は少ないから、うれしいです」

早紀はそう言って、ふわりと笑った。

彼女は、抱いている猫を樹脂製のキャリーに入れると、食器棚の上に手を伸ばした。

別の猫が素直に抱かれにくる。

まるで魔法みたいだ、と圭司は思った。警戒心を抱いている猫が、早紀の手にかかると、嘘のように穏やかになる。

「猫にはわかるんでしょうか。自分を助けてくれる人だってことが」

そう言うと、彼女は面はゆそうに笑った。

「それもあるかもしれませんけど……わたし、何度かこの家にきたことあるんです。もう半年以上前ですけど、鷽木さんのやっていた、動物保護のボランティアを手伝っていました。だから、猫も犬もわたしのことを覚えているんだと思います」

それを聞いて驚く。生前の鷽木のことを知る人は少ないはずだ。

「鷽木さんは、どんな方でしたか？」

「優しい人でした……とても優しかった。困っている動物を見ると放っておけないんです。そのせいで、いつも家は動物で一杯で……わざわざ彼女の家の前を狙って、動物を捨てていく人もいるんだって、悲しげに言ってました」

彼女は、その優しさゆえに、心を病んだのだろうか。

「音無さんは、とても立派な人だけど、優しさと同じくらい、冷静で冷たいところもある人です。精一杯努力をして、それでも駄目ならば安楽死も仕方がない。そういうふうに、きちんと割り切って考えられる人なんです。あ、これ、音無さんを責めているんじゃないんですよ。根本が優しくなければ、動物のために人生を捧げることなんてできないですもの。ただ、動物保護ボランティア自体が、常にそういう決断を迫られ続けるんです。でも、鷗木さんは、その決断ができない人でした。だから、きっと、とても苦しんだんだと思います」

増え続ける動物と、減っていく自分の貯金。その狭間《はざま》で、彼女の心は壊れていき、そして自ら命を絶った。守ろうとした動物たちを道連れにして。

彼女は、猫をキャリーに入れると、食器棚の上からまた別の猫を抱き下ろした。大人になってない黒と白のブチ猫で、とても可愛らしい。

圭司は思い切って言った。

「可愛いですね。携帯で写真撮ってもいいですか」

早紀はくすりと笑うと、猫を圭司の方に向けた。

「どうぞ」

携帯で、写真を撮る。猫が可愛かったのも事実だが、本当は早紀の写真が撮りたかった。公私混同かもしれないが、別にデートに誘うわけでもないし、婚約中ならば圭司には望みはまったくない。ただ、彼女の写真が一枚欲しかっただけだ。

伊藤が早紀に声をかけた。

「そろそろ注射をするから、手伝ってくれるかな」

その声の響きでわかった。注射とはほかでもない――安楽死のことなのだろう。

早紀は一瞬、息を呑んだが、「今行きます」と返事をした。猫をキャリーに入れながら言う。

「保健所ではガスで殺すんですけど、あれって安楽死でもなんでもないんです。動物はみんな苦しんで、苦しんで、苦しみ抜いて死ぬんです。死に損ねる子もいて、そういう子は生きたまま焼かれるんです。もちろん、保健所の職員さんたちはなんにも悪くないんですけど」

たしかに、悪いのは捨てたり、保健所に持ち込む人々と、そんなやり方で殺すシステムであり、そこで働く人々が悪いわけではない。

「でも、伊藤先生の注射だと、動物たちは眠るみたいに静かに死ねます。本当は悲しくて、とても嫌だけど……でも、それがわたしたちにできる最善だと思うしかないんです」

そして伊藤も、ボランティアで、安楽死の薬品と労力を提供している。動物を助けるはずの職業について、本当はそんな苦しい役目などやりたくはないだろうに。

犬たちは、もうすべてがわかっているように静かだった。早紀は、ぐったりとした犬を膝に乗せて、そっと背中をさすった。なだめるように優しいことばをかけた。

伊藤が注射器に薬品を注入する。

その瞬間は見たくなかった。だが、目をそらすことも許されないような気がして、圭司はまっすぐ彼らを見つめ続けた。


北署の刑事たちは、現場検証を終えて帰っていった。伊藤と早紀は、安楽死させた犬たちを伊藤の病院まで連れて行って、焼却処分にすると言っていた。キャリーに入れた猫は、後で音無が迎えにくるらしい。

黒岩と圭司は、静かになった家を捜索することにした。あまりに衝撃的な事件のせいで、忘れてしまいそうになるが、南方署の目的は、鳳木有美がチワワを飼っていたかどうかを調べることだ。リビングの動物の死骸を調べたが、チワワのものはなかった。伊藤の話でも、すべてを食べ尽くしてしまうことはありえないという話だった。

もっとも、飼っていてそれがティアラであることがわかっても、この先どうすればいいのかは見当もつかない。

黒岩は二階の、鷗木が寝室として使っていたらしき部屋を調べ、圭司は一階を調べることになった。

動物の死骸などは、伊藤が一緒に持って帰ってくれたが、さすがに糞尿などはそのままで、リビングの匂いは耐えられたものではない。そこは後回しにすることにして、圭司は別の部屋を探した。

リビングダイニングのほかは、家に入るときに通った和室と、物置として使用されているらしい洋室がひとつある。あとは風呂とトイレ、台所といった間取りだった。

和室に入り、仏壇らしき扉を開けると、わっと黒い虫が飛び立った。どうやら仏壇に供えた水に湧いていたらしい。げんなりした気持ちで仏壇を閉めて、その後引き出しを探る。

古い写真や、だれのかわからないへその緒などが出てきたが、こちらが探しているものはなにもない。

山積みになっている衣服の山を動かすと、洗ってない下着などが出てきて、よけいに気持ちが暗くなる。

まるで、鳳木有美が抱いていた鬱屈した気持ちが、そこかしこに溜まっているようだ。天井には蜘蛛の巣すら張っているし、畳はなんだかべたついている。空気すら澱《よど》んでいるようで、圭司はネクタイをゆるめてためいきをついた。

「會川くん、ちょっと」

黒岩が二階から呼ぶ声がした。ずっとコンビを組んでいるのでわかる。なにか見つけた声だ。

圭司は階段を駆け上った。

「どうかしましたか?」

「これ、ちょっと見て」

彼女はノートパソコンを開いていた。画面にはインターネットのウェブサイトが表示されている。

「なんですか?」

のぞき込んで、すぐに気づく。

トップページに髪の毛を黄色く染めた、よく太った女性の写真がある。鳳木有美だ。彼女は犬と猫を両手に抱いて、にこにこと笑っていた。男として魅力を感じるわけではないが、頼もしい印象を与えるような笑顔だった。

写真の上には、「わんことにゃんこと楽しく暮らそう」と書いてある。サイトのタイトルらしかった。

「これ、たぶん鳳木有美のホームページだわ」

黒岩がマウスをこちらにやる。圭司は頷いて、ページをクリックした。

「犬と猫って、仲が悪いと思っていませんか？　本当はとっても仲良しなんです。このサイトでは、わんことにゃんこと一緒に暮らすコツを紹介します」

その下には、「我が家のわんこ、にゃんこ」と書いたリンクがあった。クリックすると、写真がたくさん表示される。

見覚えのある犬や猫たちの写真がたくさんあった。圭司にすり寄ってきた、あの痩せた犬、黒岩が病院に連れて行った犬、草間に撃ち殺された犬。そして、今日、早紀の膝で眠るように死んでいった犬。どれも幸せそうな顔で、目を輝かせていた。

食器棚にいた猫たちの写真もあった。どれも見覚えのある猫たちだったけど、ふくふくに太って、のんびりとした顔をしていた。あの怯えた目とはまったく違った。

これは、彼らが幸せだった日の記録だ。涙で画面が滲みそうになるのを、圭司は歯を食いしばって耐え、トップページに戻った。

ほかには、「里親募集しています」というリンクや、「捨てられた犬猫を保護しています。寄付を募集しています」と書かれた文字もあった。

黒岩が感情のない声で言った。

「日記を読んで」

言われたとおり、ｄｉａｒｙと書かれたリンクをクリックする。

日記は、あまり頻繁には書かれていなかった。最後は二十日ほど前で、それ以前も半月に一度くらいしか書かれてはいない。サイトは三年ほど前からやっているらしく、その頃はほぼ毎日更新されていた。

「三月のところ」

黒岩が焦《じ》れたように言う。三月は七日と、十六日、それから続けて十七日と書かれている。七日をクリックした。

「新しい子がやってきました。チワワのミルちゃんです」

日記に添えられた画像には、長谷川姉妹の愛犬、ティアラにそっくりなチワワの姿があった。

「こんなちっちゃい子と一緒に暮らすのははじめて。まだ、みんなには慣れてないけど、本当にいい子です」

そして、チワワに「よろしくね」という吹き出しがつけられた画像。

圭司は息を呑んだ。日にちも合う。ティアラが盗まれたのは三月の四日だから、その後なにかのルートを経て七日に有美の手に渡ったとしても不自然ではない。

「似てるわよね」

黒岩の問いかけに、圭司は頷いた。黒岩は携帯を取りだして電話をかけはじめた。

「長谷川さん？　今、仕事中かしら。そう、パソコンでインターネットは見られる？」

どうやら返事はイエスだったようだ。黒岩は画面を見ながら、有美のサイトのアドレスを告げた。

「そこの日記の、三月の七日のところ……ええ、そうよ」

黒岩が話しているのは、妹の琴美か、姉の和歌子《わかこ》か、どちらかはわからない。だが、電話の向こうの人間が、興奮しているらしいことは伝わってきた。

「ええ、そう。やっぱり似ているわよね」

また電話の向こうでなにか言う声がする。

「駄目。わからないの。その子は、この人の家にはいないの。……どこに行ったのかもわからないの。いいえ、だって、この日記を書いた人は、自殺してしまったらしいの」

さすがに電話の向こうも驚いたようだった。

「ともかく、そういうことなの。わたしとしてはできる限りのことはやってみるけど、見つかるかどうかは保証できないわ」

その後、いくつかの会話を交わして、黒岩は電話を切った。

「琴美さんもそっくりだと言っていたわ。たぶん、ティアラだと思うって」

だが、チワワの区別というのはどこまでつくのだろう。犬を飼っていない圭司にはわからない。三毛猫の太郎なら、模様がどの猫とも違うから、絶対にわかるが、正直、別のよく似たチワワの写真を持ってこられても、圭司にはわからないと思う。

もしかしたら、飼い主には伝わるなにかがあるのかもしれない。

圭司はずっと引っかかっていたことを口に出した。

「でも、鷽木有美も自殺してしまったことですし、ここにティアラがいたことがわかっても、そこから犯人への手がかりを見つけることってできるんでしょうか」

「わからない。できない可能性の方が高いわね」

前髪をかき上げて、眉間《みけん》に皺《しわ》を寄せたまま、彼女は言った。だが、内容と違って、口調には不思議な自信のようなものがあった。

「でも、たとえば、万に一つでもそこから辿り着ける可能性があるのなら、匂いが完全に途切れてしまうまで追うしかないのよ。それに……」

「それに、なんですか？」

「なにか引っかかるの」

たしかにそれは圭司も同じだ。自殺だと言われてもすっきりしない。だからといって他殺だと思うわけではなく、たぶん、あの瞬間――この家に踏み込んで、動物たちの閉じこめられた扉を開けた――の衝撃が、身体の中にわだかまっている。

実際、あんなにひどいことをした人間は、自ら命を絶っている。彼女の生前を知る人は、みんな「動物を愛するいい人」だと語っている。

なぜ、あんな地獄絵図そのものの状況が作られなければならなかったのか、それがどうしても納得できないのだ。

きっと、受け入れたくないと思っているのは、頭ではなく、心だ。

ふいに階下から、物音がした。黒岩と圭司は、パソコンの電源を落として階下に降りることにした。

一階にいたのは音無瑤子だった。犬たちをシェルターに置いて、またやってきたのだろう。今度は、ボランティアらしい青年は連れてきておらず、ひとりで猫のケージを運んでいる。

「あ、お疲れ様です」

疲れを見せない顔で、黒岩たちに挨拶をする。

黒岩が、伊藤と早紀が安楽死させた犬たちを病院に連れて帰ったことを告げると、少しだけ音無の表情が曇った。

「そうですか……知らせてくださって、ありがとうございます」

猫たちのキャリーをのぞいている音無に、黒岩がつぶやいた。

「もっと早くここに辿り着くべきだったね。わたしたちにはそれができたはずなのに」

黒岩らしくない、気弱なことばだった。彼女も少し参っているのだろう。

音無は首を横に振った。

「だれのせいでもないです。強いて言えば……悪いのは鷽木さんだから」

圭司は早紀が言ったことばを思い出していた。音無はわりきる強さと冷たさを持っている人で、鷽木有美は持てなかった人だった。

黒岩と圭司は、長谷川琴美の話を聞いてすぐここに辿り着いた。だから決しておろそかにしていたわけではない。でも、もし、盗まれたチワワのことをもう少し重大に考えて、積極的に探そうとしていれば、ずっと早くここに辿り着いていたはずだ。黒岩だって、同じように考えているのだろう。

「だって、一週間だわ。一週間なら、絶対に早く辿り着けた。そう思うと、自分が悔しいの」

ふいに、音無の手が止まった。

「一週間……ですか？」

「ええ、鷽木有美さんは、死後ほぼ一週間だそうよ。聞いてなかった？」

音無は首を横に振った。

「聞いていません。でも、そんなはずはないです」

「そんなはずはないって……」

検死官が一週間と言っているのだ。それが間違いであるはずはない。

音無は、リビングを見渡した。

「犬猫は、わたしたちが思っているよりもずっと飢えに強いんです。でも、一週間でこんなひどい状態になるはずはないです。今までも、夜逃げでペットを家に閉じこめて出て行った例なども、いくつも見ています。一週間ならば、動物たちはさほど苦しまずに待っていられます。少なく見積もっても二週間、下手をしたら一ヶ月以上。それがわたしの意見です」

それは、いったいどういう意味なのだろう。黒岩が戸惑った表情で反論する。

「でも、飢えには強くても、渇きにはそれほど強くないでしょう」

「もちろんそうです。でも、ここには飢えで死んだ犬もいたし、それをほかの犬が食べていました。一週間で、そこまでひどい状態になるはずはないです」

音無のことばは自信に満ちていた。

もし、音無の言うことが正しければ、この事件は表層ほど単純なものではなくなるはずだ。

　鷹木有美は本当に自殺なのだろうか。犬たちは、なぜ、飼い主が生きていたときから飢えなければならなかったのか。金がなくて餌があげられなかったわけではない。台所には、ドッグフードもキャットフードも残っていたのだから。

　この家で、いったいなにが起きたのだろう。


　寮に帰ってドアを開けた瞬間、圭司は軽くのけぞった。

　ちょうど、玄関の上がり框《かまち》の上で、宗司があぐらをかいていた。でかい図体の宗司が狭い玄関に座っていると、やたらに威圧感がある。

　まあ、膝の上には、チビの白猫が座って、にゃあ、と鳴いているせいで、威圧感は五割くらいは軽減されているが。

「なんやねん、おまえ、こんなところで」

　そう言いながらも、圭司にはわかっている。怒っているときの宗司の癖だった。

　早く圭司に対して文句が言いたいという気持ちが抑えきれずに、玄関先での座り込みという形を取るらしい。

そして、宗司が怒っている理由も、圭司にはだいたい見当がつく。

「おまえ、ゆうべ、何時に帰ってきてん」

中に入りたいが、宗司が座っているせいで、動けない。鞄だけを、宗司の肩越しに部屋に投げ込みながら、圭司は答えた。

「十時過ぎ……かな？」

「嘘つけ。十時半にここに電話したとき、おれへんかった」

どうやら、宗司は何度も寮に、電話をかけてきていたようだ。もちろん、携帯の電話番号も知っているのだが、彼はめったに携帯にはかけてこない。

圭司は諦めて、本当のことを答えた。

「十二時過ぎ……」

「じゃあ、結局七時間も、チビをほったらかしにしてたんか」

「悪いと思ってる。でも、別に遊んでいたわけやないし、仕事で抜けられへんかったんや」

自殺を発見してしまったというだけでも大変なのに、まわりには悲惨な状態の動物たちもいた。「子猫がミルクを欲しがっているので帰ります」だなんて言えるわけはない。

「元気にしているんやから、別にええやんけ。中入らせてくれ」

宗司はまだ納得できないような顔で、それでも少し後ろに下がった。やっとできた隙間から、部屋に上がる。

「シャワー浴びるで」

そう言いながらバスルームに入る。今日も昨日に引き続き、鷹木有美の家で長い時間を過ごしてしまった。ワクチンを済ませている太郎はともかく、チビへの影響が怖い。

全身を洗い、普段なら二日くらいは着てしまうワイシャツをクリーニング行きの袋に放り込む。

昨日着たスーツは今朝クリーニングに出してしまったので、それが戻ってくるまで着替えがない。せめてもの対策に、明日の朝着るときまで外に干すことにする。

宗司は、あきらめたのか部屋に引っ込んでしまっている。開け放してある襖から中をのぞくと、白チビに手をがじがじ囓られながら、目尻の下がった顔をしてにたにた笑っている。

のぞいている圭司に気づいたらしく、宗司はあわてて表情を引き締めた。

「まだ話は終わってへんぞ」

チビを抱いたまま、宗司はキッチンのテーブルに移動してきた。圭司もあきらめて椅子に腰を下ろす。

「飯食ってへんねんけど」

「冷蔵庫に餃子があるから、レンジで温めながら聞け」

言われたとおり、餃子を出して、レンジに入れる。餃子にはぜひ、ビールが欲しいが、宗司のお説教が終わるまでは、飲めそうもない。

漬け物と、中華風サラダもラップをして冷蔵庫に入っていた。それを出して、温め終わった餃子と一緒に、圭司は食べ始めた。

「まあ、昨日のことはええわ。それで、明日からどうするねん」

いきなり餃子が喉に詰まった。仕事のことにばかり気を取られて、すっかり忘れていた。

今日までは幸い、圭司の非番、宗司の夜勤、非番と続いたから、常に家にだれかいた。だが、明日から四日間はふたりとも通常勤務である。昼間はまったく留守になるし、夜だって、ふたりとも定時に帰れない可能性もある。つまり、チビの世話をできる人はいない。

「……どうしよう」

「考えてへんかったんかいな」

たしかに三日前、考えると言ったのは自分だし、そもそもチビを拾ったのは自分だ。圭司がこの先どうするのかを考える必要がある。

一瞬、チビを見つけたのが自分ではなく、宗司だったらよかったのに、と思う。宗司だとしても、間違いなく連れて帰ってきただろうし、立場が逆だったら、圭司が今、えらそうに宗司を問い詰めて、「どうするねん」と言えただろう。

「寮長さんに頼む……ってのは？」

寮長さんは大の猫好きで、五匹も飼っている。太郎も寮長さんから押しつけられるような形でもらい受けた。「一万匹に一匹の、幸運を呼ぶオスの三毛猫よ」と言われて引き取ったのだが、なんのことはない、普通にメスだったことが判明したのは、数ヶ月経って太郎という名前が定着してからである。

宗司は首を横に振った。

「あかん。今日、聞いてみたら、上の娘さんが身体を壊して入院しているそうや。毎日のように病院に付き添いに行っているというから、頼まれへん」

圭司はがっくりとうなだれた。ほかに面倒を見てくれそうな人間はいないだろうか。

ふいにひとりの人の名前が浮かぶ。

「美紀《みき》ちゃんは？　昼間、俺が美紀ちゃんとこにチビ連れていって、帰りに連れて帰ってくるわ」

宗司は腕を組んで考え込んだ。

「美紀ちゃんは……無理やと思うぞー」

「なんでやねん」

「子供の頃かて、あんなに猫いやがってたやないか」

「子供の頃は、あれ、ペット禁止のマンションやったからやろ」

「今でも美紀ちゃんのマンション、ペット禁止やで」

「だから、飼ってもらうんやなくて、預かってもらうだけや」

友人のような呼び方をしているが、會川美紀は、宗司と圭司の母親である。三国《みくに》にあるラウンジのママで、女手ひとつで、ふたりの息子を育て上げた。宗司を産んだのが十八の時で、今は四十三歳だが、見かけは三十代前半に見えるくらい若い。子供の頃から、その若さが自慢だった彼女は、お母さんと呼ばれることもママと呼ばれることも嫌がり、結局圭司たちは、「美紀ちゃん」と呼びながら大きくなったのである。

さすがに最近は、「お母さんって呼んでもええのよ」などと言うこともあるが、子供のときに呼ばなかったものを、この年になって呼べるものではない。

「じゃあ、ともかく聞いてみろや」

宗司に促されて、圭司は美紀の携帯の番号を押した。

店が暇なのか、美紀はすぐに電話に出た。

「あら、ケイちゃん珍しいやん。どうしたん」

水商売の女性特有の華やかな大阪弁が返ってくる。

「実はちょっと頼みたいことがあるんやけど」

「いややわあ、息子から電話がかかってきたと思うたら、すぐこれや」

目の前にいるらしいお客さんかだれかに、彼女は笑いながらそう言った。

「なんやのん。お母ちゃんに言ってごらん」

「実は……」

　圭司は、順序立てて事情を説明した。

「それで、昼間だけでええねん。美紀ちゃん、仕事夜だけやろ。四、五時間にいっぺんミルクやってくれたら……」

「そんなんいやや、昼間はわたし寝る時間やん。睡眠時間が減ったら、お肌にすぐ出るねんもん」

「二週間も経てば、缶詰食べられるようになるから、ちょっとの間だけやねん」

　だが、美紀はきっぱりと言った。

「子供の頃から、なんべんも言ったやろ。自分で面倒見られない生き物は拾うなって」

「頼むわ、お母ちゃん」

「こんなときだけ、お母ちゃん呼ばわりしても知らん」

「なあ……」

　頼むわ、ともう一回言いかけた圭司に、美紀の声が被さった。

「わたし、昔、実家にいた猫、二回も踏んだもん。小さいのなんか家におったら、間違いなく踏むわ。踏んだら死ぬような生き物は絶対イヤ。あんたがなんとかしなさい」

美紀ならば、たしかに高い確率で踏みそうだ。そう考えているうちに、電話は切られた。

「あかんかった」

「ほら、見てみい」

宗司があきれ顔でそう言った。どうやら宗司の方が、母親のことはわかっていたようだ。

ふいに子供の頃のことを思い出した。あれは、宗司が小学四年生で、圭司が二年生の頃だったはずだ。その頃住んでいた古いマンションは、犬猫の飼育は禁止されていたが、大家が近くに住んでいなかったこともあり、当たり前のように多くの住人たちが犬や猫を飼っていた。

圭司の同級生の少年も、同じマンションに住みながら、ダックスフントを飼っていた。その少年が投げたボールを、短い足でとてとて走って取りに行く犬が、圭司はとても羨ましかったのだ。

そこで圭司と宗司がある計画を企てた。ちょうど友達の安田という少年の家で、雑種犬の子供が生まれたから、それをもらって帰ることにしたのだ。実際に可愛い子犬を見てしまえば、母も許してくれるはずだ。

今思えば、母はふたりの企みなど簡単に見抜いていたのかもしれない。犬を見た瞬間に、「返してきなさい」と言った。

「世話は自分たちがするから」「勉強もちゃんとするから」「おこづかいを減らしてもいいから」と、圭司と宗司が必死になって頼んでも、母は首を縦には振らなかった。どんなに泣いても、「返してきなさい」と言いはった。たぶん、そのときも、母は「自分ひとりで面倒の見られない生き物はもらってこない」と言っていた。

そのとき、圭司と宗司は家出を企ててみたのだが、結局夜遅くなっても、母親は探しにこなかった。べそをかきながら、諦めて、子犬を友達の家に返しに行ったのを覚えている。

そのときは、母親のことを冷血漢だと思った。そうではないのだ、と気づいたのは、それから三年後のある事件のせいだった。

同じマンションに住む子供が、動物アレルギーを発症したらしく、その両親が大家に通報したのだ。結局、大家から、「犬猫を飼っている住人は、一ヶ月以内にマンションを出るか、犬猫を処分すること」という通達が出された。

マンションを出ていった住人も、何人かいた。だが、ほとんどの住人はペットを処分して、そのマンションに残ったのだ。

圭司の友達の少年も、もうダックスを散歩させて歩くこともなくなった。犬の話すらしなくなった。

圭司は考えた。もし、あのとき母親が犬を飼うことを許してくれていたら、自分たちもそんな形で、愛した犬と別れなければならなかっただろう。母子家庭だったうちに、簡単に引っ越しできる資金があったとは思えない。

宗司も同じことを思い出していたのだろう。にやにや笑いながらこう言った。

「おまえ、小学生の頃のこと、覚えているか？」

「覚えてる。やっすんとこから、子犬もらってきたときやろ」

「あのとき、美紀ちゃん、こう言ったんやで。わたし、絶対踏むからいややって」

思わず、圭司は噴き出した。

「さっきも、同じこと言ってたわ」

宗司も釣られて笑う。

「変わらんなあ、美紀ちゃんは」

「踏んでも死なんような生き物やったら飼ってもええんかなあ」

「海亀とかアルマジロか？」

アルマジロが、彼女のマンションをうろうろしているところを想像しておかしくなる。たしかに彼女には、そういう生き物が似合いそうだ。

一通り笑い終えて、圭司はまた考え込んだ。

「美紀ちゃんが駄目やとしたら……どうしよう……」

一瞬、頭に黒岩の顔が浮かんだ。いや、もちろん黒岩は圭司以上に忙しいから彼女に頼めるはずはない。だが、彼女の同居人の智久は、作家の卵――無精卵かもしれない、というのは辛辣《しんらつ》な黒岩のことばだが――で、自宅にいて、家事をやっているはずだ。

だが、彼とは二、三度、酔っぱらった黒岩を送っていったときに会った程度だし、そんなことを頼めるほど親しくはない。

そんなことで腹を立てるとは思えないような優しげな人だが、やはり気が引けるし、なにより宗司が嫌がるだろう。

実は、宗司は黒岩に憧れている。もちろん告白する前に恋人がいることがわかって、見事に玉砕《ぎょくさい》したわけだが、今でもかなり好きらしい。意味もなく黒岩の話を聞きたがるし、署で偶然会ったときも、まるで火の玉みたいに赤くなって、呂律《ろれつ》がまわっていなかった。上司としては、たしかに尊敬すべきところもある女性だが、安藤早紀が葦のような女性なら、彼女は鉄パイプというか、ブルドーザーというようなタイプで、圭司には宗司の気持ちはまったくわからない。

兄弟で同じ女性を好きになるのも困るから、好きなタイプが違っているのはよいことなのかもしれないが、それにしたって、望みがなさそうなのだから、さっさと諦めてしまえばいいのにと思う。

まあ、それができないから宗司なのだろう。

圭司が考え込んでいるのを誤解したのか、宗司が折れたようにこう言った。

「ともかく、明日は俺が昼休みに自転車飛ばして帰ってくる。まあ昼に一度飲ませたら、あとは夜まで持つやろ。その代わり、ケイかて、早く帰ってくるようにせえや」

「努力する」

そう答えて、あわてて圭司は付け加えた。

「ありがとう」

「別におまえのためちゃう。チビのためや」

当のチビは、宗司の膝の上で、彼の手に戦いを挑んで、がじがじ噛みついた上、猫キックを食らわしていた。

恩知らずにもほどがある。

第三章　迷走

黒岩が受話器を投げつけるように電話を切った。

刑事課にいる全員が、一瞬黒岩の方を向き、そのあと何事もなかったかのように、それぞれの仕事に戻る。

黒岩の奇行にはもうすっかり慣れてしまっているのか、それとも、黒岩に限らず、だれの奇行にも、大して関心を払わないのか。

刑事課に配属されて、半年近く経ったが、正直、ここに馴染んでいるとは言えない。圭司よりも遥かに勤続年数が長いのに、はっきりと集団から浮いている黒岩と、いつもコンビを組まされているせいかもしれない。

ともかく、圭司は、黒岩の様子をうかがいに、彼女の席まで行った。

「どうかしたんですか?」

黒岩は縁なしの眼鏡を、いらいらとした仕草で磨きながら、圭司を見上げた。

「北署は、纐木有美の件は、自殺ということで捜査を終了したそうよ」

「だって、音無さんは、あの状況はおかしいって……」

「ただひとりの証言だし、明確におかしいといえる基準があるわけでもない。証拠としてなにかが残っているわけでもないのに、見解を覆すことはできないそうよ」

たしかに、音無が「おかしい」と言った状況を証明するものは、もうなにも残っていない。死んだ犬猫は焼却処分にされてしまったし、生きているものは、音無の保護施設で、餌を与えられ、回復しつつあるはずだ。

「親兄弟でもいれば、そちらから働きかけてもらうこともできるんだけど……」

黒岩は悔しそうに椅子をぎいぎいと鳴らした。

纐木有美には、もう遠い親戚しかいない。なんとしても、彼女の死の原因を知りたいと願う人はいないのだ。

南方署は直接の管轄ではないから、手出しはできない。圭司も、ひどく割り切れないものを感じた。

「ま、それは後で考えるとして、會川くん、パソコン持ってきてる？」

黒岩は気持ちを切り替えるように息を吐いてからそう言った。

「あ、はい」

「鷗木有美のパソコンからコピーしたファイルをいくつか転送するわ。分担して調べましょう」

黒岩は、昨日帰る前に、メールの入ったフォルダや、彼女が作ったファイルのフォルダなどをいくつか自分のパソコンにコピーしていた。それを調べることには異存はないが、いつまで、この見込みがなさそうな仕事を続けていていいのか、少し気になる。強行犯係の、ほかの刑事たちは、みんな忙しそうにしている。

そう言うと、黒岩は呆れたような顔で、圭司を見た。

「駄目だったら、鳥居係長がなにか言いにくるでしょ。いいに決まってるじゃない」

たしかにそういう考え方もあるが、放っておかれているような気もする。

特にばりばり出世したいという気持ちがあるわけでもないが、黒岩と一緒にいると、有能な刑事になれるような気がまったくしない。半年前は、期待の新人と言われたこともある圭司なのに、気がつけば、ほかの刑事たちが大きな事件を捜査している間、どうでもよさそうな事件ばかりを担当させられている。

もっとも、期待の新人というレッテルを剝《は》がしたのは、間違いなく圭司自身の失態なのだが。

「はい、さっさと席に戻る」

小学校の先生のような口調で言われて、圭司は諦めて自分の席に戻った。黒岩から転送されたファイルを受信する。

送られてきたのはメールファイルだった。圭司は、メールソフトを使って、それを開いた。

受信メールはまったく分類されずに、受信フォルダに溜められていた。ざっとタイトルを見ていく。いくつかのスパムやダイレクトメールの後、どきりとするようなタイトルのものがあった。

――RE：RE：いいかげんにしてください

圭司は迷わずにそれを開いた。

「あなたのような頭のおかしい方とは、もうお話しすることはありません。メールも受信拒否させていただきます。今度電話をかけてきたり、直接家に現れたりしたら、警察を呼びますよ」

なかなか穏やかではない内容だ。ニックネームはさやことなっている。圭司は、送信フォルダを開き、鸕木有美がさやこに出したメールを探した。

幸い、それはいちばん上にあった。送信日時の新しい順に並んでいるから、彼女が最後に送ったメールらしい。

――RE：いいかげんにしてください

いいかげんにしてほしいのはこっちです。駄々をこねずに、ハリーを返しなさい。わたしはハリーの親も同じです。あなたみたいな人間に、大事な息子を託すわけにはいきません。あなただって、人の親ならわかるでしょ。琢己くんでしたっけ。彼を犯罪者が欲しいといえば、簡単にあげますか？　まあ、あなたも人の息子を連れて行って、返せと言われても返さないような人ですから、そのくらいはするかもね。でも、わたしはあなたと違ってまともな人間ですから、大事な息子を犯罪者同然の人に渡すわけにはいかないのです。返して。返しなさい。あなたには犬を飼う権利などありません。のらりくらりしてたら、わたしが諦めると思ったら大間違いです。バカ！　犯罪者！　絶対に諦めません。あなたも人の道というものをきちんとわきまえるべきで

す。明日の朝返してもらいにいきますので、逃げても無駄です。ゆみ

背筋がぞっとした。家の状況や、北署の刑事たちの話を聞いて、そうではないかと思っていたが、たしかに鳰木有美は病んでいる。これが、本当に彼女の書いたメールだとしたら、の話だが。

送信日時を確認すると、五月七日になっていた。今日は十九日だから、十二日前だ。この時点で彼女が生きていたのなら、たしかに音無が言っていたことには信憑《しんぴょう》性はない。

受信メールの方を確認すると、最後に受信されているのは五月十一日だ。やはり、死後一週間程度というのに間違いはなかったようだ。

圭司は受信メールフォルダから、さやこのものを探し、送信フォルダと照らし合わせながら時間順に読んでいくことにした。

最初のさやこのメールは、三月の下旬に送信されていた。里親募集の犬についての問い合わせで、サイトを見てハリーという犬が気に入ったから、詳細を教えてくれないかと、感じのいい文章で書いてあった。

それに対する有美のメールも、最初はごく普通だった。

「お近くですし、ぜひ、見にきてハリーと会ってください。とてもいい子ですよ！」

その後は電話かなにかでやりとりしたらしく、次のメールはさやこからのお礼メールだった。

「ハリーはとてもいい子で、息子とも仲良くなりました。もう家族の一員です。可愛い子を譲ってくださってありがとうございます」

雲行きがおかしくなってくるのは、次の有美のメールからだ。お礼メールから一週間後の四月十日に送信されている。

「今日、お宅の前まで行って、びっくりしました。ハリーを外でつないで飼うなんて、聞いていませんでした。正直、失望いたしました。つないで飼うような人だと知っていたら、ハリーを譲りませんでした。しばらく考えてみましたが、やはり返して頂きたいと思います」

さやこからの返信メールは、ひどく驚いていた。もともと、番犬のつもりでもあるので、はじめから外で飼うつもりだったこと。外で飼っているといっても、夜は玄関の中で寝ているし、雨の日や夏、冬の寒い日は室内に入れるつもりだ。もう、息子も可愛がっていて、家族の一員だ。返すわけにはいかない。そう書いてあった。

有美からのメールは、欧米では犬をつないで飼うのは虐待にあたること、つながれた犬は、攻撃を受けても逃げられないからストレスを感じて、性格が凶暴になりやすいことなどをあげ、やはり返してもらいたい、と告げていた。

さやこは、その返信メールで素直に勉強不足を詫び、庭に囲いを備えた犬小屋を設置して、つないで飼うことはやめるので、返すことは許してほしいと書いている。だが、有美は承知しなかった。

そんな人だとは思わなかった。返してほしい。というメールと、大切に飼うから許してほしい、というメールが二、三度往復した後、急に有美はことばの刃物を振り上げた。

「人の物を奪っておいて、返せないなんて、犯罪者の言うことです。この、犯罪者!」

それを受けて、穏やかだったさやこのメールも冷たくなっていく。

「弁護士に相談したが、返す必要はないと言われました」

「法は犬を物として扱っています。わたしは法の話なんかしてません。人の道の話をしているのです」

そうして、さやこから「いいかげんにしてください」というメールが出され、その返信が、先ほど読んだメールだった。

そこまで読んで、圭司はぐったりと椅子の背にもたれかかった。

読んだ限り、あきらかにさやこではなく、有美の方がおかしいとしか思えない。つながれることは犬にとってストレスだなんて、圭司も知らなかったし、欧米ならともかく、日本ではその程度で非常識な飼い主だとは言えないだろう。どうしてもそれが許せないのなら、譲る前に説明をするべきだ。

おまけにさやこは、理由を聞いて、つないで飼うことをやめている。彼女から犬を取り上げるのは、あまりに理不尽である。

画面を凝視しているせいで、疲れてきた目をしばらく押さえ、圭司はまた別のメールを探し始めた。

驚いたことに、同じことを有美は何度も繰り返していた。

一度里子に出した犬や猫を、理由をつけて返せと因縁《いんねん》をつけるのだ。あきらめて返す人もいれば、強硬な態度に出て、有美が根負けする場合もある。だが、メールを読む限り、有美は、すべての里親に一度は「返してほしい」と言っていた。

彼女が納得した里親は、ひとりもいないことになる。

ならば、どうして里親などを探すのだろう。圭司は、気持ちがささくれ立つようなメールを見ながらためいきをついた。

友達からのメールなどはひとつもなかった。ダイレクトメールや、ネットショップでペットシーツやドッグフードを買った受注メール以外は、すべて里親関連のメールだ。

「どうだった？」

黒岩が様子を見にやってきた。

「こういうのが見つかったんですけど」

チワワの件とは関係がないように思えるが、圭司はさやこからのメールを開きながら、黒岩に説明した。

黒岩は、眉間に皺を寄せて、メールを読んだ。読み終わってつぶやく。

「どうして、こんなことをするのかしら」

「さあ……」

もともと里親を探すつもりがなければ、募集などしなければいいし、自分の中で譲れない基準があるのなら、最初からその基準に合わない人は断ればいいのだ。ほかのメールを読む限りでも、里親側に本当に問題があるように思えるのは、ごくわずかだった。

黒岩は、メールの日付をチェックした。

「この人、有美の家に行っているみたいね。チワワがいたかどうか、覚えていないかしら」

圭司も、それを少し考えていた。

「会って、話したときに、チワワを手に入れたルートについても話を聞いているかもしれません」

最初の方のメールには、末尾にさやこの携帯メールのアドレスが記されていた。黒岩は、そのアドレスにメールを打った。

幸い、すぐに返信メールがくる。

さやこ――保志沙耶子というのが、本名だったが――は、鳳木有美の自殺を知らず、ひどく驚いているようだった。犬を返せとあれほど、しつこく言ってきていたのに、ふいになんの連絡もなくなったことは、少し不思議に思わないでもなかったが、メールを着信拒否したからだろうと考えていたという。

これから、話を聞きに行ってもいいかと尋ねると、彼女は快諾した。

保志沙耶子の自宅は、鸕木有美の家と同じ町内にあった。新しく、そしてなかなか大きな邸宅で、外から見る限り、裕福な家に見えた。

門に近づくと、黒と茶の入り混じった毛をした犬が、門扉に手をかけて立ち上がってしっぽを振った。

「あんたがハリー？　あんまり番犬には向いてないんじゃないの？」

黒岩が手の匂いを嗅がせると、ハリーはぺろりとそれを舐めた。

インターフォンを押すと、中から女性が出てきた。考えていたよりもずっと若く、二十代前半である。

犬は、うれしげに彼女に駆け寄った。

「ヒデヨシ、待て」

待てといわれて、犬は飛びつくのを待ったが、目はきらきらしている。彼女はご褒美代わりに、頭を撫でてやると、そのまま門から出てきた。

「保志です。自宅は姑もいますし、できれば外でお話しさせていただきたいんですけど……」

　近くに喫茶店があるというので、そちらに向かうことにする。

「さっきの犬、ハリーじゃないんですか？」

　黒岩がそう尋ねると、彼女は少し困ったような笑みを浮かべた。

「ハリーです。でも、あんなことがあって、あの人のつけた名前をそのまま使うのが嫌になってしまったんです。最初はちょっと混乱していたけど、もう慣れたみたいです」

　一度、口を閉ざしてから、彼女は苦しげにつぶやいた。

「もう顔も見たくないと思っていたけど、でも、自殺だなんて、ショックです」

　無理もない。揉めた相手が自ら命を絶ったなんて、いくら自分が悪くないと思っていても、衝撃的な出来事に違いない。

　喫茶店に入って、黒岩が彼女に説明をした。自分たちは、彼女の自殺の原因について調べているわけではなく、彼女が過去にある事件の犯人と関わっていた可能性があるので、それについて調べているのだ、と。

　沙耶子はそれを聞いて、少しほっとしたようだった。もしかして、自分にも自殺の原因の一部はあるのかもしれないと、考えていたと言った。

「いきなりですけど、三月か四月、鳰木有美さんの自宅を訪問されましたよね」

沙耶子は頷いた。四月の一日だったと言った。エイプリルフールだったから、よく覚えていたらしい。

「ヒデヨシを見せてもらいに行きました。でも、家の中にまでは入りませんでした。玄関先で、ちょっとお話しして、その後、彼女がヒデヨシを連れてきてくれました。とても人懐っこい子だったから、すぐに気に入って、もらい受けることにしました」

少し失望した。家の中まで入っていなかったとしたら、チワワを見ていた可能性は少ない。

黒岩が身を乗り出して尋ねた。

「鳰木さんは、どんな様子でしたか?」

「そのときは、普通に明るい人だと思いました。とてもよく喋っていましたし、さほど変だとは思いませんでした。ただ……」

「ただ?」

彼女はことばを選ぶように、ゆっくりと喋った。

「とても……臭かったんです。まあたくさんの犬猫を保護しているんだから、仕方ないとは思ったんですけど、でも、あまり長居できそうにありませんでした。正直、お茶とか出されても飲めなかったと思います。出されなくてよかったと思いました」

匂いのせいもあり、彼女はさっさと犬を譲り受けて、自宅に連れ帰った。謝礼代わりに、寄付としていくばくかの金額も包んで渡したという。

「ほかの犬や猫はまったく見ませんでしたか？」

「いえ、そんなことはありません。わたしが玄関にいると、珍しいのか奥から何匹かの犬が、顔を出して見ていましたし、実際にそばにきた犬もいました。それに、鳰木さんはずっとチワワを抱いていましたし……」

圭司と黒岩は顔を見合わせた。それはまさに自分たちが聞きたかったことだ。

「このチワワでしたか？」

長谷川琴美の撮った写真を見せると、沙耶子は迷わずに頷いた。

「この子だとはっきり言えるわけではないですけど、こんな子でした」

「鳰木さんは、そのチワワについて、なにか言ってましたか？」

「最近では、こんな純血種の犬も、放棄されるんだって言ってました。飽きたら捨てて、また次の流行犬を飼うんだって。あまりに小さすぎて、ほかの犬に襲われてしまいそうだから、ずっとそばに置いているって言ってました。それだけです」

そのチワワがどんな経緯を経て、鳳木有美のところにきたのかは未だにわからない。だが、ティアラらしきチワワが、彼女のところにいたのは間違いないようだ。

別れ際に、保志沙耶子は視線を合わせずに尋ねた。

「あの人に飼われていた犬や猫は、どうなったんですか？」

黒岩は答える。

「半分くらいは、保護シェルターに引き取られました」

残りの半分がどうなったかは、言わなくてもわかったのだろう。沙耶子は、苦いものを飲んだような顔になった。


南方署に戻るため、駐車場に停めてあった車に乗り込もうとしたとき、黒岩の携帯が鳴った。電話に出た黒岩は、どこか険悪な声で、

「お兄さん？」

と言った。なんとなく、「兄」ではなく「義兄」のように聞こえた。そういえば、黒岩に兄弟がいるかどうかも、圭司は知らない。圭司の想像通り、義兄からの電話だとすれば、彼女には姉がいることになる。

なぜか、黒岩はひどく腹を立てているようだった。携帯を切ると、すでに運転席に座っていた圭司に言う。

「悪いけど、急用ができたの。先に署に戻っていて」

少し驚く。二日前も、彼女にしては珍しく私用で姿を消して、その後雄哉を連れてきた。またなにかあったのだろうか。

「また、雄哉くんが？」

圭司がそう尋ねると、黒岩は舌打ちをした。

「そうよ。行方不明になったの。学校から昼休みに姿を消して、どこかに行ってしまったって」

「それ、大変じゃないですか」

「そうよ、大変なのよ」

圭司は腹をくくって言った。

「おれも捜すの手伝います」

「私用に、會川くんを巻き込めないわ」

「でも、そんなことを言っている間に、雄哉くんが変な人間に連れ去られたらどうするんですか？」

黒岩は珍しく、ことばに詰まった。たしかに、雄哉を無事に捜し出す方が大事だと気づいたのだろう。圭司は、車のエンジンをかけた。

「学校はどこですか？」

黒岩は髪の毛をかきまわしながら答えた。

「岡山よ」

「はあ？」

学校から行方不明になって、黒岩に連絡がくるのだから、雄哉の学校はこの近所だとばかり思っていた。

「じゃ、これから岡山に行くんですか？」

「違うのよ。説明しづらいけど、あの子、なぜか姿を消したときは、いつも大阪にくるのよ」

「ひとりで、新幹線に乗ってですか？」

「普通列車を乗り継いできたこともあったわ」

黒岩は、ためいきをついて、窓にもたれた。

「二日前きたときは、海遊館にいたわ。その前は……たしか梅田の映画館」

「そこで遊んでいるんですか？」

「まさか。ベンチに座ってぼうっとしているだけ」

圭司は首を傾げた。なぜ、そんなところにひとりでいるのだろう。

「じゃあ、梅田で映画館捜してみますか？」

黒岩は眉間に皺を寄せて考え込んだ。

「なんとなく、同じ場所にはいないような気がするの」

「じゃあ、どこを捜せばいいと思いますか？　海遊館と梅田の映画館って、雄哉くんにとって特別な場所なんですか？」

「特別な場所ってことはないけど、わたしが雄哉を預かったとき、連れていった場所なの。子供だから、一度行った場所しか行けないんだと思うわ」

海遊館に連れて行って、映画館で映画を観て。黒岩がそんな子守のようなことをやっているとは想像できない。雄哉に対しても、いつもと同じ調子で接していたし、あの仏頂面のまま、海遊館でジンベイザメを見たのだろうか。

「じゃあ、ほかにどこか行きましたか？」

「ええとね……エキスポランド」

「エキスポランド？」

エキスポランドとは、大阪万博の跡地にできた遊園地である。圭司が子供の頃は、スペシャルなスポットだったが、さすがに今はＵＳＪなどもできているし、小さなローカル遊園地に過ぎない。

「ＵＳＪくらい連れていってあげればいいのに……」

思わずそうつぶやいた圭司を、黒岩はにらみつけた。

「騒がしい場所は苦手なのよ」

だが、エキスポランドならばすぐ近くだ。圭司は、北へと方向を変えた。運転しながら尋ねる。

「雄哉くんって、家が複雑なんですか？」

黒岩は窓にもたれながら、少し投げやりな口調で言った。

「複雑ってわけでもないんだけどね。雄哉の母親――わたしの姉なんだけど――、二年前に甲状腺癌で死んだの」

　そのことばは、ひどく軽く、黒岩の唇からするりとこぼれ出た。その口調に紛れて聞き流しそうになった圭司は、中身の重さに気づいて息を呑んだ。

「それで、父親がひとりで面倒を見ているんだけど、仕事が忙しい人だし、いろいろ大変みたい。学校が休みになると、うちで預かってくれないかって言ってくるわ。まあ、うちで預かるのは別に大したことじゃないけど、なんか父親とぎくしゃくしているみたいね」

　まるで、噂話を喋るように、黒岩の声は他人行儀だ。

　母を亡くし、父ともうまくいかず、あのおどおどした少年は、たったひとりで離れた街に出てくるのだろうか。

「雄哉くん、黒岩さんを頼っているんじゃないでしょうか」

　大阪に出てきて、黒岩と一緒に行った場所でたったひとりで座っている。ならば、彼女に助けを求めているとしか思えない。

　さりげなく言ったことばなのに、黒岩はひどく声を荒らげた。

「だからって、わたしの子供じゃない。わたしになにができるって言うの？」

圭司は驚いて、助手席の彼女を横目で見た。たしかに黒岩は口では冷たいことを平気で言う女性だが、だからといって、被害者などを突き放したり、邪険に扱うようなことはない。

だのに、自分の甥に対して、あまりにも投げやりで愛情のないことばだった。失望のようなものが、胸にこみ上げる。自分は黒岩を買いかぶっていたのかもしれない。

しばらくの沈黙の後、彼女はためいきをついた。

「本当はね、雄哉とはもう親戚じゃないのよ」

「え？」

どういうことですか、と尋ねる前に、黒岩はことばを続ける。

「姉は、死ぬ前に夫と離婚しているの。というか、離婚を向こうから言い渡されたんだけどね」

彼女は唇を歪めて笑い、窓ガラスに軽く額を打ち付けた。

「馬鹿な姉だったわ。あんな男を好きになって、結婚して、それなのに癌であることがわかったら、子供を取り上げられて、実家に戻されて」

「離婚の理由って……」

「理由なんてないわよ。ただ、結婚して五年も経たないうちに、癌なんかになって、こちらでは面倒を見られないってね。子供だって産んだのに」

「そんな身勝手な……そんなの認められないでしょう」

「法廷で争えばね。でも、姉は馬鹿だから、『もういいの』って言って、素直に離婚届に捺印したわ。そりゃあ、多少の慰謝料はもらったけど、そういう問題じゃないでしょう」

やっと圭司は気づく。黒岩はまだ、その義兄——雄哉の父親が許せないのだ。当然だと圭司も思う。たとえ、自分が同じ立場でもそんな男は許せない。

「それで、姉は死んで……もうあんな男と関係はなくなったと思ったのに、雄哉の面倒を見てもらっていた自分の母親が死んだ途端に、こっちに押しつけてきて……わたしにどうしろって言うのよ」

腹立たしげに黒岩は爪を噛んだ。

「でも、それは雄哉くんが悪いんじゃないから……」

「そんなことはわかっているわよ」

わかっているからこそ、雄哉と映画を観て、海遊館に行って、そしてエキスポランドにも行った。それでも、割り切れない気持ちは消えないのだろう。

圭司は雄哉の不安そうな目を思い出した。あんな目をした少年が、自分を邪険にする人を頼るはずはない。だから、黒岩は、仏頂面と愛想のない口調を崩さなくても、雄哉には優しいのかもしれない。

そびえ立つ太陽の塔や、観覧車が近づいてくる。万博公園の駐車場は、平日だからがらがらに空いていた。

車を降りて、圭司と黒岩は遊園地の方へ向かった。

「わたしは遊園地内を探すから、會川くんは庭園の方を探して」

頷こうとした圭司は、ふいに足を止めた。後ろを歩いていた黒岩が驚いて、躓《つまず》きそうになる。

「もう、いきなり止まらないでよ」

圭司は、モノレールの駅へと向かう階段を指さした。そこに雄哉が座っていた。

黒岩は、智久に電話をかけて、迎えにきてもらうように頼んでいた。

雄哉は身体を縮めるようにして、ベンチに座っていた。怒られることを覚悟しているようだった。

怒らないでほしい、そう黒岩に頼もうかと思ったが、自分が口を出すのもおかしい気がして、圭司は雄哉を見下ろしていた。

電話を切った黒岩は、圭司に向かって言った。

「わたしはここで、智久がくるのを待っているから、會川くんは先に署に戻っていてくれる？　車使っていいから」

「いいんですか？」

「いいわよ。というよりも、早く戻らないといけないでしょう」

あくまでもここにいるのは、黒岩の私用だ。圭司がいつまでも一緒にいる意味はない。

圭司は少し迷ったが、黒岩を手招きして、雄哉から少し離れた場所に連れて行った。

「なによ」

「あの……おれが言うことじゃないことはわかってますけど……あんまり雄哉くんを怒らないでくださいね」

黒岩は眉をつり上げた。そして言う。

「怒らないわよ。怒るわけないでしょう」

彼女は目をそらして、ためいきをついた。

「あの子は逃げてきたんだもの。それを怒るはずなんてないでしょう」

圭司ははっとした。先ほど黒岩はこう言った。雄哉は自分の子供ではない。自分になにができるのだ、と。それを圭司は冷たいことばだと思ったけれど、それは間違いだったのかもしれない。

黒岩は腹を立てているのだ。なにもできない、する権利がない自分に。

「さ、もういいから、早く帰りなさい」

そう言われて圭司は頷いた。黒岩は目をそらしたまま、小さな声でつけくわえた。

「……助かったわ」

「なにもしてませんよ。わざわざ、きた意味もなかったみたいだし」

圭司がそう答えると、黒岩は少しだけ笑って頷いた。

「たしかにそうね」

それからふいに、なにかを思い出したように手を打った。

「そうだったわ。帰ったら、安藤早紀さんだっけ、彼女に連絡を取って。今のところ、生前の鷹木有美を知っているのは、彼女だけだから。チワワのことを知らないか聞いてみて。知らなかった場合、ほかに鷹木有美の親しい知人がいないかどうかも」

圭司は一瞬息を呑んだ。まさか、こんなにすぐに彼女に会えるとは思っていなかった。

いや、もちろん期待をしているわけではない。近いうちに結婚する女性と、なにかが起こるはずはない。だけど、魅力的だと思った人に、もう一度会えるのはうれしかった。

「なに、妙な顔をしているのよ」

黒岩の不審そうな声で、圭司は我に返った。あわてて、お辞儀をして歩き出す。

駐車場に入る前、後ろを振り返ると、黒岩が雄哉の隣に腰を下ろすのが見えた。

音無に電話をして、安藤早紀の連絡先を聞き出した。

電話をかけようとして、少し迷う。

これは間違いなく仕事だし、黒岩からの指示でもある。だのに、自分が仕事にかこつけて電話をしているようで、なんだか気が引ける。二、三分躊躇《ちゅうちょ》して、それからやっと、圭司は早紀の携帯番号をプッシュした。

「はい」

見覚えのない番号だったせいか、少し戸惑ったような声で、彼女が出た。

「あの……南方署の會川です。先日はお世話になりました」

自分の声がなんだか動揺している気がする。意識すると、よけいに呂律《ろれつ》がまわらなくなりそうだ。

「ああ、この前の刑事さん」

彼女の声は一瞬明るくなってから、またトーンが下がった。

「あの、どうかしたんですか？　なにか変なことがわかったとか……」

「いえ、そうじゃないんです」

圭司はあわてて説明した。自分は鵬木有美の自殺を調べているわけではなく、別の事件を調べていて、彼女に行き当たったのだと。

「それでですね。鷽木さんのことについて、話を聞きたいんですけど、今日これからのご予定は……」

「今日は六時から約束があるんで、それまででしたら大丈夫ですけど……」

時計を見ると四時半である。あまり時間がない。約束は梅田で、だというから、これからすぐ出かけると一時間くらいは話が聞ける。

一応約束をして、圭司は電話を切った。それから黒岩にかける。

彼女はこちらに戻っている最中だった。今、電車に乗ったばかりだという。早紀との約束について話すと、黒岩はこう答えた。

「じゃあ、會川くんひとりで行って。私もこのまま直接行くけど、遅くなるかもしれないし」

うれしいような気もするし、かえって困惑するような気もする。ともかく、圭司は早紀との待ち合わせ場所へと急いだ。

ホテルのティールームに、彼女は先にきて待っていた。この間は、シャツとジーンズだったが、今日は麻のようなワンピースを着ている。

約束というのは、伊藤とデートだったりするのだろうか。圭司はまたもや羨ましい気持ちで、彼女の前に座った。

「遅くなってどうもすみません」

「いえ、わたしが先にきちゃったんです」

注文を聞きにきたウエイトレスに、アイスコーヒーを注文して、圭司は彼女の顔を正面から見た。少し面長の輪郭に、一重の瞳と薄い唇。はっきりと美人というわけではないのに、とてもきれいに見えるのは、どこか紗がかかったような不思議な雰囲気と、透きとおるような肌のせいだ。

ある意味、黒岩と正反対ともいえる。黒岩は顔立ちは、美人の領域に入るだろうが、ふるまいと雰囲気のせいで、それが台無しになっている。

沈黙が続いたせいか、早紀が問いかけるように圭司の顔を見た。あわてて雑念を振り払い、圭司は口を開いた。

鷽木有美に辿り着くまでの経緯を説明している間、早紀は相づちさえ打たずに黙って聞いていた。

「鷽木有美さんには、もう親も兄弟もいない。働いていなかったせいか、親しくつきあっている友人も見つからない。だから、安藤さんが頼りなんです。彼女がチワワをどこからもらったか、知りませんか?」

正直、見込みはないと思っていた。だから、早紀の返事を聞いて、圭司はひどく驚いた。

「知ってます」

アイスティーをストローで吸い上げて、彼女はことばを続けた。

「あのチワワ……ミルちゃんでしたっけ。あの子は、拾ったと言ってました。まだ三月のはじめで寒い日に、近所の公園で捨てられているところを保護したって」

圭司は勢い込んで尋ねた。

「どこの公園かな……」

「それはわかりません」

それは、ある意味、予想していた答えだった。ようやく答えに辿り着けたことはうれしいが、ここ数日の圭司と黒岩の努力が無駄だったということもわかって、圭司はがっくりとうなだれた。

「そうですか……」

早紀は、驚いたらしく圭司の顔をのぞき込んだ。

「あの……わたし、なにか悪いこと言いましたか?」

「いえいえ、なんでもないです」

圭司はあわてて、笑顔をつくった。早紀もそれを見て安心したように微笑した。

この笑顔が見られただけで、よしとしなくてはならないかもしれない。


結局、黒岩がやってきたのは、早紀が帰った後だった。彼女から聞いた話をすると、黒岩は、少し黙って、それから言った。

「ま、仕方ないわね」

終わったことをぐちぐち言わないのが、黒岩のいいところである。圭司はそこまで割り切れそうにない。

まあ、いつまで続くかわからないチワワの捜索を打ち切ることができただけでもよかったと思わなければ。

一度署に戻った後、自宅に帰ったのは午後八時だった。最近では、かなり早い方である。

「ただいま」

玄関に明かりがついているから、宗司はもう帰っているだろう。

鍵を開けると、珍しく太郎が出迎えてくれた。宗司は台所のテーブルで、カレーライスを食べていた。

「お、お帰り。早かったやんけ」

「まあ、な。よかったんか悪かったんか、わからんけど」

手を洗って、スーツを脱いで、ハンガーに掛ける。

「あれ？　チビは？」

「動物病院やねん。大したことないとは思うんやけど」

「どないしてん」

今日のことを愚痴ろうと思っていたが、それよりもそちらの方が気になる。圭司は、鍋から自分の分のカレーをよそって、椅子に座った。

「いや、単なる便秘やねん。今日の昼も、夕方も排泄せえへんかったし、気になって病院に連れて行ったら、ちょうど急患の手術中やってな。それが終わったら診てくれるというから、預かってもらってきた。明日の夕方迎えにいくまで、あっちでミルクもやってくれるっていうし」

たしかに明日は、宗司も圭司もふたりとも家にいない。病院で預かってもらえるなら、好都合とも言える。

圭司は冷蔵庫から生卵を出して割って、カレーに載せた。それを混ぜ合わせながら、ふいに思い出す。

「そういえば、おれが遅くなった日あったやん。ソウが夜勤やった日」

「おう」

「あの日も、排泄せえへんかったで。あいつ、チビのくせに便秘症ちゃうか」

その日は、次の日の朝には出たので、特に心配はせず、病院にも連れて行かなかった。

太郎が圭司の膝に飛び乗って、大きなあくびをした。最近は、チビに我が家のアイドルの座を奪われたせいか不機嫌で、こんなふうに甘えてくることはなかった。

「ま。元気やし、ミルクもよく飲んでいたし、さほど心配することはないと思うわ」

宗司はそう言うと、二杯目のカレーをよそいに椅子を立った。

それを聞いて安心する。それと同時に空腹を感じて、圭司はカレーを口に運んだ。母が作ってくれたのと、同じ味だった。宗司ではなく、圭司が作っても、やはりこの味になる。

そういえば、子供の頃、カレーとなると、宗司と競うように食べた。ひと皿を二、三分でかき込んで、母に呆れられたこともある。

あのときは、こんなに旨いものは、この世にないと思っていた。さすがに今では、ほかにも旨いものをたくさん知っているが、やはりおいしい。ルーの中にウスターソースとケチャップの入った、安っぽいカレーの味なのに。

一杯目を食べ終え、圭司もお代わりをすることにした。さすがにもう一杯はきついから、半分だけ。

それを食べ終えて、水を飲む。先に食べ終えた宗司がコーヒーメーカーをセットしていた。

早紀は今頃、伊藤と一緒にしゃれた店でディナーを食べているのだろうか。ふいに、少しむなしくなる。

「どないしてん」

宗司が不思議そうな顔でこちらを見ていた。

「いやあ、ええ歳をして、アホな兄貴とふたりで飯食っている自分が切なくなった」

「アホで悪かったな」

思い出して、携帯を尻のポケットから取りだした。早紀の写真を探す。

「ほら、可愛《かわい》いやろ」

宗司は身を乗り出して、写真を見た。

「ほんまや、めちゃくちゃ可愛いなあ」

珍しく意見があった、と考えた後で、早紀と一緒に猫が写っていたことを思い出す。

「猫やなくて、女の子やで」

宗司は眉間に皺を寄せて、もう一度写真を見た。

「いや、きれいやとは思うけど……でも、おれ、この人、五回くらい会わんと顔覚えられへんわ」

がっくりとテーブルに突っ伏しそうになる。そして気づいた。

「わかった。おまえ、アホやから、黒岩さんみたいにインパクトの強い女の人やないと覚えられへんねやろう」

「アホて言うな」

圭司は、もう一度写真の中で微笑んでいる早紀を見た。もう少し自分に自信があれば、婚約者のいる人にでも、積極的にアタックできたのだろうか。

「なあ、ソウ」

「なんや」

「おまえ、黒岩さんが結婚したら、ショックかあ？」

宗司は、思いっきりテーブルを叩いた。驚きのあまり、太郎が飛び上がって、バスルームに逃げ込んだ。

「く、黒岩さん、結婚するんか！」

「いや、せえへんけど」

その反応を見る限り、やはりショックを受けるようだ。

「なんや、脅かさんといてくれ」

「やっぱり、ショックか。今でも、ほとんど望みはないことに変わりないのに」

「おまえ、いつか殴る。絶対、殴る」

太郎がびくびくと戻ってきて、また圭司の膝に飛び乗った。柔らかな毛皮を撫でると、少し暗い気持ちが楽になる。

宗司と同じだ。アタックして玉砕するよりは、ずっとましだと思う。

そうでも思わないとやってられない。


翌日、次の仕事の指示をもらうため、鳥居係長を待っていると、黒岩が近づいてきた。ヒールの音をたてて、カツカツと歩くから、ただ、まっすぐにこっちにこられるだけで威圧感がある。

「わたしは今日、音無瑤子さんのシェルターに行くけどどうする？」

それを聞いて驚く。もう、この件は終わったはずだと思っていた。

「なんのために……ですか？」

「お礼を言いに。あと、経理を丸め込んで、必要経費の名目で寄付金を出させたから、それも渡そうと思って」

いつの間にそんなことをやっていたのだろう。圭司は少し考え込んだ。

「でも、礼を言うのは北署の役目じゃないですか？」

「北署からも、少しだけど出させたし、うちがお礼を言っちゃいけないわけではないでしょ。嫌ならひとりで行くけど」

「行きます」

よい返事をしてしまったのは、もしかしたら早紀に会えるかもしれないという下心ゆえである。

車の中で、圭司は昨日のことを思い出して、黒岩に尋ねた。

「雄哉くんはもう帰ったんですか？」

ハンドルを握って正面を向いたまま、黒岩は首を横に振る。

「まだ。学校を休ませることになるけど、一週間くらい家に置いておこうと思って。智久と一緒に部屋の模様替え手伝わせているの」

「それで、その……雄哉くんのお父さんはなんにも言わないんですか？」

黒岩は忌々《いまいま》しげに眉をひそめた。

「昨日電話したら、かえって助かるみたいな口ぶりだったわよ。仕事が忙しくて、毎日終電で帰っている状態なんですって」

「じゃあ、雄哉くん、食事はどうしているんですか？」

「お金は渡しているから、お弁当買って食べたり、ファミレスで食べたり、そんな感じみたい」

ふいに、小さい頃のことを思い出す。圭司たちも持ち帰り弁当はよく買いに行った。母親は夕方から出かけて、朝方帰ってくる仕事だったたから、夕食を作ってくれない日も多かった。だからといって、母親を責めるつもりはまったくない。彼女はできる限りのことをしてくれた。出て行くなんて、考えたこともない。

「なんかさあ。雄哉、わたしに話したいことがあるんじゃないかと思うんだけど、言わないのよね。だから、ちょっと時間をかけてみようと思って」

黒岩は自分に言い聞かせるようにそうつぶやくと、ハンドルを切った。

動物保護シェルター「緑の家」は、山深いところにあった。車以外で辿り着くのは、骨が折れそうだ。とはいえ、近くなってくるほど犬の声がよく響きはじめるから、へんぴな場所でしかやっていけないのだろう。

あらかじめ電話をしてあったのか、車を停めると、すぐに奥から音無が出てきた。

「遠いところ、わざわざすみません」

彼女の後ろからは、犬が五、六匹ついてくる。リードもなにもしていないから、一瞬怖いと思ったが、どの犬も大人しく、突然の侵入者に吠えかかることもしない。

「中へどうぞ。こういう場所ですから、臭いかもしれないけど」

たしかに獣の匂いはするが、鷗木有美の家で感じたような異臭ではなかった。門を入ると、ガレージのようなところで、若い女性が犬をシャンプーしてやっていた。犬は嫌そうに女性の手から逃げようとしていたが、それでも怒っている様子はない。

フェンスで仕切られたスペースがいくつもあり、中には中型犬や大型犬たちがいた。興味を示して、フェンスから鼻の頭を突き出す犬もいれば、奥の方で、丸くなって寝ている犬もいる。こちらに向かって、唸り声をあげる犬もいた。

ボランティアのスタッフたちが、犬舎を掃除していた。その横でリードをつけられて待っている犬を見て、圭司は足を止めた。

鷗木有美の家にいた犬だった。こちらに向かって、歯を見せて威嚇してきた犬だったが、今はのんびりとした顔をしていた。身体にはまだ傷が残っていたが、スタッフにじゃれついて、「大人しくしなさい」と怒られている。

数日でこんなに変わるものだろうか。ほっとした気持ちになってから、すぐに圭司は思い出す。

ここに連れてこられたのは、里親を見つけられる見込みのある犬だけだ。人間に対する不信感を植え付けられた犬は、もうこの世にはいない。その不信感を植え付けたのも、人間なのに。

圭司は早足で、音無に追いつき、並んで歩いた。

「あの……耳の垂れた痩せた犬がいましたよね。ちょっとラブラドールみたいな……」

あの地獄のような状況の中、怯えもせず圭司にすり寄ってきた犬だった。あの犬がどうなったのか知りたかった。

「ああ、あの子は昨日里親さんが決まったんです。不幸中の幸いというか、新聞でもちょっとだけ取り上げられたでしょう。ですから、里親希望で名乗り出てくれる人が何人かいたんです。ほかの子は、まだすぐには無理だけど、あの子だけはまったく人に対しても警戒しないいい子だったから、引き取ってもらうことにしました」

それを聞いて、少しだけ心の錘《おもり》が軽くなった気がした。

事務所らしき部屋に入って、椅子を勧められた。パイプ椅子と、折りたたみ机があるだけの簡素な部屋だった。ファックスの上では白い猫が香箱を組んでいて、圭司たちをちらりと見て、大あくびをした。音無が、湯沸かしポットで茶を入れてくれた。

「これ、少ないですけど……北署とうちからです。なにかの足しにしてください」

黒岩が白い封筒を音無に渡した。音無は遠慮することなく、受け取った。

「ありがとうございます。本当に助かります」

外からは、スタッフたちの声に混じって、犬の吠える声が聞こえてくる。だが、驫木有美の家を最初に訪れたとき、感じた犬の声のうるささとはどこかが違う。悲痛な響きの声はなく、聞いていても不快感を覚えることはない。

「考えていたよりも、大きな規模でやってらっしゃるのでびっくりしました」

圭司は思っていたことを口に出した。

「おかげさまで、たくさんの人の支援をいただいて、なんとか運営できています」

音無はそう言ってから、少し寂しそうな目をした。

「でも、これでも全然足りないんです。ここに持ち込まれる動物だけで、いつもいっぱいで余裕なんかまったくない状態です。保健所では、わたしたちが助けられる動物の数十倍が処分されている。性格にも、健康状態にも問題なくて、飼われる人次第では、幸せに暮らせるはずの犬が……です。全国でいえば一日に二千匹の犬や猫が殺されている。わたしたちボランティアが頑張っても、その一割助けられればいい方です」

心臓が締め付けられるように痛んだ。人であることが苦しくなるような事実だった。

「欧米のように、ブリーダーやペットショップを免許制にして、犬猫の販売にもある程度の規制を設け、なおかつマイクロチップなどによる個体識別と登録制を導入して、避妊手術を推進すれば、たぶん、処分される数は激減すると思います。わたしたちも一所懸命、行政に働きかけてはいますが、なかなかことは進まない。もちろん、一部では頑張って、少しでも多くの里親を探そうとしてくれている保健所などもありますが、本当にごく一部です」

今度は、公務員であることが背中に重くのしかかってくる。圭司は額の汗を拭《ぬぐ》った。

ふいに、それまで黙っていた黒岩が顔をあげた。

「鳳木有美さんのことなんですけど」

音無は、椅子ごと黒岩の方に身体を向けて、尋ねた。

「あれから、どうなったんですか？　なにか新しい事実でも」

「いえ、北署の捜査では、自殺に間違いないだろうということでした」

音無の顔が険しくなる。彼女は、あの状況が不自然だと言った。一週間放っておかれただけで、犬や猫がこんな悲惨なことになるわけはない、と。

黒岩は少し考え込むように首を傾げた。

「でも、音無さん。あなただって、自殺だと考えているんじゃないですか?」

音無は驚いて、軽く椅子から腰を浮かせた。

「わたしが? どうしてですか」

「音無さんほどの人が、見誤るはずはない、そう思いました。あなただったら気づいたはずです」

黒岩は音無の目を見据えて言った。

「鷹木さんが、アニマル・ホーダーだったということに」


アニマル・ホーダー。日本では、まだその存在すら知られていないが、欧米などでは論文も発表され、少しずつ社会の問題と認識されているらしかった。

アニマル・コレクターとも言われ、その名の通り、動物を収集し、抱え込もうとする人々で、心の病のひとつである。

もっとも、圭司だってそんなことばを聞いたのははじめてで、存在すら知らなかった。

「アニマル・ホーダーは単なる多頭飼育者と違うんです。いくら数が多くても、一頭一頭を充分に管理できて、医療や食餌が行き渡り、衛生的にも問題のない場合は、アニマル・ホーダーではない。アニマル・ホーダーとされたほとんどの人たちは、飼っている動物に避妊手術もしないし、病気になったり怪我をしたりしても、放っておくことがほとんどです。彼らの言い訳は、『保健所で処分されたり、殺されるよりもずっとまし』です。際限なく続く苦しい生を与えるくらいならば、安楽死させる方が動物のためでもあるのに、彼らは、どんなひどい状況でも、『殺すよりもまし』という一言で言い訳して、目をそらすのです」

音無は、鷹木有美の家に入った瞬間に、「アニマル・ホーダーだ」と気づいたという。あちこちに散らばる犬猫の糞尿や、死骸。自殺してから一週間という話を聞いたが、それよりももっと古いと思われる死骸もあったし、病気の犬たちは、数ヶ月以上放っておかれたとしか思えない病状だった。

「近所の話でも、半年ほど前から、犬の吠え声がひどくなっていたと聞きました。散歩に連れて行っているところも見たことはなかったそうです。犬たちにもストレスがたまって、仲間内での喧嘩がひどくなる。そうなると、怪我をする犬も増え、だのに医療は受けさせないから、それは悪化していき、衛生面がもっと悪くなる。悪循環です」

音無は唇を嚙んで、下を向いた。

あそこにいた犬も猫も、鷗木有美が死んだからあんなひどい状態になったわけではなかったのだ。彼女が生きていたときから、地獄はそこにあった。

そう、地獄だ。圭司の目にもそうとしか映らなかった。

「はっきりと、そう言わなかったのは申し訳ありませんでした。だけど、私は鷗木有美が一週間以上前に死んだといったわけじゃないです」

苦笑するように黒岩も頷いた。

「あなたは、『動物たちが放っておかれたのは、一週間程度ではない』と言いましたね」

「知ってほしかったんです。単なる自殺とか、そういう問題ではなく、ここにあったのは、心の病を持った人と、そのせいで生き地獄に放り込まれた動物たちだって。今の状況では、いくらアニマル・ホーダーを見つけたとしても、わたしたちがそれに介入できないんです。動物保護法ができて、少しはましになったけど、やはり動物は飼い主の所持品で、よっぽどひどい飼い方をしていても、それを規制しようとする動きなんて、ほんの少しなんです」

音無は、それでも頭を下げた。

「もし、掻きまわしてしまったのなら、本当に申し訳ありませんでした」

圭司は椅子の背にもたれかかった。なんだか力が抜けてしまったようだった。結局、北署の判断は間違っていなかったということになる。

だが、音無は顔をあげてから、こう言った。

「でも、わたし、鳳木さんが自殺だとはまだ信じられません。今までの経験や、過去の例を調べても、アニマル・ホーダーが自殺したケースは、非常に少ないです。彼らは、自殺をほのめかして、人を脅迫することは多いですが、実際に自殺することは非常に稀《まれ》です」

音無は黒岩の目を見据えた。

「アニマル・ホーダーは執着の病です。生き物をすべて自分の一部のように思って抱え込み、それを奪われることをなによりも恐れる。だから、彼らは生にも執着するんです」

帰りの車の中で、ハンドルを握りながら、圭司は音無瑤子のことばを思い出していた。

大変でしょうけど、頑張ってくださいね。声に出しながらも、なんだか無責任でいいかげんなことばだと思いながら、そう言った圭司に、音無は笑いかけた。

「ええ、でもわたしは大丈夫です」

そして、圭司と黒岩を、駐車場まで送りながら静かに語った。

「動物が可哀想だから、こんな活動をしていると、誤解されることがあるけど、そうじゃないんです。もちろん、目の前で死を待つ子がいたら可哀想だと思います。でも、だからやっているわけじゃない。たとえば、過去に黒人奴隷解放運動に関わった人も、女性解放運動に関わった人も、黒人や女性が可哀想だという気持ちで、そういうことをやったわけではないはずです。そうあるべきだ。そうでなければ、おかしいと思うから、戦ったわけでしょう」

　彼女は怒りもなにも感じられない口調で、淡々と語った。

　わたしは、動物の命が人間のエゴで弄《もてあそ》ばれている現状がおかしいと思うから、ここにいるんです、と。

「どうせ、生き物を飼うこと自体が人間のエゴだ、とか、犬猫だけ特別扱いはおかしい、牛や豚を殺すのはいいのか、とか言う人はいます。でも、生きるために別の命を殺して食べることと、おもちゃのように買って、飽きたら捨てるのとは違います。それに、人間が自分でパートナーとして選んだ命は、それがエゴだからこそ、人間が責任を持って守るべきだと思っているんです」

　黒岩は、静かに頷いた。音無は、少し照れたように笑った。

「ごめんなさい。わたしは、いつも熱くなってしまうんです」

「いいえ、よくわかるわ」

「でも、わたしは別に現状に絶望しているわけじゃないんです。今のペットブームのせいで捨てられている生き物がいる、みたいな言い方をする人たちはいるけど、少なくとも、処分されている動物の数は少しずつ、減っているんです。ペットの登録数は増えているのに、ですよ。もちろん、動物愛護先進国とくらべたら、気の遠くなるような数字であることは間違いないけど、少なくともわたしは勝ち目のない戦いをしているとは思いません。いつか、必ず日本もそういう先進国に追いつくはずです。わたしがやっているのはそれが少しでも早くなるように働きかけることと、その間、不幸な動物を一匹でも多く助けることです」

車に乗ってからも、彼女のその声が頭から離れなかった。

勝ち目のない戦いをしているつもりはない。彼女は、最後にもう一度、そうくりかえして言った。

そのことばの力強さが、圭司の胸に残る。そんなふうに言いきれることが、うらやましいとすら思った。

ふいに、黒岩が窓の外を眺めたまま言った。

「北署の三井さんに連絡を取るわ」

「え？」

「さっき、音無さんから聞いたことばを、そのまま伝える。鷗木有美は、自殺じゃないかもしれない」

「でも……」

それは北署が決めることだ。こちらが口を出すことはできない。それは黒岩だってわかっているはずだった。

「言いたいことはわかるわ。状況が不自然であっても、物的証拠がない限り、決めつけることはできない。でもね。状況が不自然だとわかったら、物的証拠を見直してみる価値はあるはずだわ」

今、ここで黒岩と圭司が口をつぐんでしまえば、鷽木有美の自殺に不審な点があったとしても闇に葬られてしまうことになる。

「それに、よく考えたら、もうひとつわからないことがあるの」

「なんですか？」

「チワワ……あのティアラかもしれないチワワを拾ったのは間違いないかもしれない。でも、あの子はどこに消えたのよ。アニマル・ホーダーである鷽木有美が里子に出すはずはない」

「それは……」

　たしかにそうだ。たとえ、ほかの犬に殺されたのだとしても、まったく、痕跡も残さず消えてしまうということはない。あそこにはチワワらしき死骸はまったくなかった。

「有美が死ぬ前に、逃げ出してしまったのかも……ほら、一回逃げているし」

「その可能性もないわけじゃないけど……」

　黒岩は目を伏せて考え込んだ。細い指が、神経質に何度も窓ガラスを小さく叩く。

「もしかしたら、ほかにもいなくなった犬か猫がいるかもしれないわ。帰ったら少し調べてみましょう」

　調べてみるといっても、鷺木有美のところにどんな犬や猫がいたのかをどうやって知るのだろう。

　その疑問を口に出すと、黒岩は呆れたように圭司を見た。

「彼女のサイトがあるでしょ」

　帰ってから、真っ先に黒岩はパソコンを開いた。デジカメで撮影してあった、鷺木有美の自殺現場をプリンターで印刷する。息絶えた犬や猫たちがたくさん、写真には写っていた。

この仕事について、人の遺体を目にする機会は増えた。平静ではいられないが、少しは耐性もできたはずなのに、プリンターから吐き出される写真から、目を背けずにはいられなかった。

それは、単に自分が猫を飼っていて、犬も好きだからだ、と圭司は思っていた。だが、やっと気づく。ここまで無惨に命が蹂躙《じゅうりん》された現場など、今の日本でめったに目にすることはできない。生きたまま餌もないまま閉じこめられ、争って互いを食い、また病に冒されていく生き物たち。

最初に感じた印象は変わらない。ここにあったのは地獄だ。

黒岩は、生きていた犬や猫も写真に撮っていた。黒岩が動物病院へ連れて行った犬も、圭司の足下にすり寄ってきた犬もいる。つらい光景だが、目をそらしたくなる気持ちを抑えて、個体の数を数えていく。

だぶって写真に写っているものもいるから、写真に数字で印を付け、見比べて数え間違いがないように確かめる。

黒岩はいつの間にか、リビングダイニング以外の写真も撮影していた。風呂場の脱衣場に、生まれたばかりの子猫らしき死骸が、ビニール袋の中で腐敗していた。写真でも異臭が伝わってくるようで、吐き気がした。

全部で、犬は二十八匹、猫は十七匹。たった一軒家に詰め込まれた動物としては、あまりにも多い、多すぎる。

黒岩は眉を寄せて、写真をめくった。

「おかしいわ」

「え？」

黒岩は同じパソコンで、インターネットに接続した。画面に映し出されたのは鳳木有美のサイトだった。

「我が家のわんことにゃんこ」と書かれたリンクをクリックした。黒岩がなにを不審に思ったのかはすぐに圭司にもわかった。

そこに掲載されている写真は、犬が十五匹に、猫が八匹。実際に、鳳木有美の家にいたのよりもずっと少ない。

「減っているのなら、逃げたのだと思えるけど、どうして増えているのよ」

「更新したのはずいぶん前で、それから増えたんじゃないでしょうか」

日記や一部分だけを更新して、プロフィールなどは多少古くなってもそのままにしておく人は多い。

「たしかにそうとも考えられるけど……」

黒岩は日記の記述を確かめている。日記は、四月の末日まで更新されていた。四月のはじめの日記を読むと、「ハリーが里子に行きました」と書いてあった。出入りはこまめに日記に記されているようだ。

その前を辿っていくと、三月に「チワワのミルちゃん」がきたという記述がある。それより前にきた動物は、すべて「我が家のわんことにゃんこ」に紹介されているようだった。

鸕木有美は心の病だから、すべてをきちんとここに載せていたとは限らない。チワワのように、気に入った子についてだけ書いて、あとはわざわざ書かなかったのかもしれない。

音無の話を聞く限り、鸕木有美は前にも飼っている動物たちを死なせているはずだ。しかしサイトには飼い犬や飼い猫が死んだという記述はあまりない。

「そうね。そうかもしれないわね」

圭司の意見に頷きながらも、黒岩はまだ納得できていないようだった。圭司だって自分でも完全に納得できているわけではない。
二、三匹ならば、そういうふうにも考えられるが、あまりにも多いのだ。しかも全体を見れば増えているのに、チワワだけが姿を消しているというのがどう考えても不思議だ。
黒岩からマウスを借りて、もう一度、サイトの写真を確かめていた圭司は、ふいに手を止めた。ある一箇所にくると、マウスのカーソルが指の形に変化する。それをクリックすると、見たことのないページに飛んだ。

「黒岩さん、これ……」

「なに？」

隠しページだ。黒い背景の中に、濃い灰色の文字が浮かび上がっているだけのページ。

圭司は目を細めて、読みにくいほど小さな文字を追った。

大丈夫、大丈夫。わたしは自分でそう言い聞かせる。苦しいけれど、まだがんばれる。まだ生きていられる。

この子たちがいるから。

今朝、近所の名前も知らない主婦が、うちにきた。頭に響く嫌な声でまくし立てて、いつまで経っても帰らなかった。犬の鳴き声がうるさいからなんとかしてくれと言っていたけど、そのおばさんの声の方がよっぽどうるさかった。あまりに耳障りで、途中からなにを言っているかわからないほどだった。

がんがんと響く頭を押さえていると、おばさんは言った。

「改善されないようだったら、保健所に電話して、動物を処分させますよ」

それを聞いたとき、わたしは思わず笑ってしまった。声を出して、お腹を抱えて。

そして、その後、腹を立てた。こういう人間が、犬を捨て、猫を捨て、そして忘れてしまうのだ。生き物の命なんて、なんとも思わないような人が。

あいにく、保健所は今までも何度も呼ばれた。でも、保健所の人たちは、「近所迷惑にならないようにね」と言うだけで帰っていった。いつだって同じだ。わたしがしっかり守っている限り、大事なこの子たちに手を出させることなんてできないのだ。

公務員が、面倒なことに手を染めるはずはない。

たぶん、わたしは暴れたのだろう。気がつけば、捨てるのを忘れたゴミ袋が散乱していて、おばさんの姿はなかった。怖くて、飛んで帰ったのだろう。いい気味だ。

わたしは醜いし、わたしは太っている。そしてわたしは少し頭がおかしい。

でも、そんな異形の存在でかまわないのだ。見てくれに騙されて、自分の保身しか考えない人間は、それで怖がって、遠巻きに見てくれる。

人間はみんな愚かで、大事な本質を見破れないけど、わたしはそんなことはかまわないのだ。

ちゃんと愛してくれるものたちがいるから。

チャッピーも、ミミも、フウカも、ヨシロウも、みんなわたしのことを愛している。

だから、わたしはまだ戦える。

まだ、生きていられる。まだ、笑っていられる。

だから、大丈夫。わたしはあたたかい命を抱いて考える。

この子たちのために。

これは、鸍木有美の独り言なのだろうか。圭司は息を呑んで、そのページを見つめた。黒岩も後ろで、じっと眺めている。

「日記……ですよね」

「そうね。表ではなく裏の、ね」

表には出せない本音を、彼女はここに書き散らしていたのだろうか。偶然、読んでくれる人を探して。

圭司は、ゆっくりと画面をスクロールさせた。


もう嫌だ。気持ち悪い。顔を見るのも嫌。

いくら後悔したって足りない。どうしてあんな人に、大事なハリーを渡してしまったのだろう。

毎晩、わたしは泣く。ハリーに詫びながら、泣く。

あんな人のところで、ハリーはきっと寂しい思いをしているに違いない。わたしが行くと、ハリーはうれしそうにしっぽを振って、わたしの目を寂しそうに見た。

連れて帰って。彼はそう言っていた。

わたしは、彼に言う。

お母さんが間違っていたわ。一緒に帰ろうね。

どうして、忘れてしまったのだろう。ハリーを幸せにできるのは、彼が愛しているわたしだけなのに。ほんの少し生活が苦しいからって、どうして大事なことを見失ってしまったのだろう。

最初は、あの人のこともいい人だと思えた。

大事にしますね、なんて、ぺこぺこお辞儀をして、ハリーの背中を何度も撫でていた。

今思えば、そのとき、ハリーはとても不安そうな顔をしていた。それは、わたしと離れ離れになることを恐れているように見えたから、わたしは彼に言ったのだ。

「大丈夫、いい人だよ」と。

だけど、なんか不吉な予感がして、予告無しにあの人の家に行ってみて、わたしは驚いた。

ハリーは外につながれていた。まるで奴隷みたいに。

犬を鎖でつなぐような人は、自分がつながれてみればいいのだと思う。そうすれば、それがどんなにつらいことかわかるはずだ。

散歩の時だけ、リードでつながれることと、囲いのある場所に入れることとはまったく違う。散歩の時リードでつなぐのは、手をつなぐようなものだし、囲いのある犬小屋は、自分の部屋だ。だが、鎖は違う。間違いなくそれは拘束具だ。

つながれていたハリーの顔を見て、わたしは後悔の涙を流した。

「ごめんね、お母さんが悪かったわ」

ハリーはきっと、「お母さんは嘘をついた」と思っているに違いない。

いい人だって言ったのに、嘘だったって。

だって、いい人だと思ったのよ。わたしは一所懸命、彼に言い訳をした。許しを請うた。

泣きながら詫びると、彼はやっとわたしの顔を舐めてくれた。

だのに、あの人はハリーを返してくれない。犬の気持ちを踏みにじって、所有物のように「わたしのものだ」と頑張っている。

ハリーはあなたのものじゃない。わたしはあなたを許さない。絶対に、絶対に。どうしてわたしは、すぐに人を信じてしまうのだろう。今まで何度裏切られたのか数え切れないのに。

わたしは神様に祈る。

信じたいと思うことは、それほど儚《はかな》い希望なのでしょうか。


目の痛みを感じて、圭司は首を振った。目頭を押さえて、少し休憩する。文章はまだまだ続いていた。

これだけ読めば、鳳木有美に同情してしまいそうなそんな文章だった。だが、圭司たちは保志沙耶子の家に行き、ハリー改めヒデヨシを見ている。

毛並みは健康そうにふさふさと輝き、そして人への信頼感にあふれた目をしていた。沙耶子の家の人間たちに可愛がられていることが見ただけでわかった。

広い庭を自由に走り回り、訪問者にも目を輝かせて挨拶をしていた。

鸓木有美の家で閉じこめられ、死んでいった犬たちとくらべると、天と地ほどの違いがある。

だから、圭司は鸓木有美の書いていることを、素直に受け取ることができない。

黒岩も読み終わったのか、ためいきをついた。そして言う。

「わたし、アニマル・ホーダーがどうして動物を集めてしまうのかが、どうしてもわからなかった。でも、今少しわかったわ」

「え？」

「動物は喋らないから、勝手に自分の都合のいいように、動物たちの気持ちを決めつけられるからよ。勝手に自分が愛されているとか、必要とされているとか、ほかの人には代わりはできないとか、自分の気持ちいいようにね。人間だったら、そうはいかないわ」

彼女が飼っていた動物たちが、彼女を愛していなかったというつもりはない。鸓木有美も動物を愛していて、動物だって彼女を愛していただろう。だが、それは彼女の思っていたような唯一無二の愛情ではないはずだ。

心にできた空虚を、動物を愛すること、動物から愛されることで埋めようとする。

それは多くの動物を飼う人々も同じだろうが、まるで底なし沼のように動物からの愛情を求め、やがて身動きが取れなくなっていく人々が、アニマル・ホーダーと呼ばれるのかもしれない。

まともな人ならば、愛したい気持ちは幸せにしたい気持ちと同じだから、自分が世話をできないほど、動物を抱え込んでしまうはずはない。だが、アニマル・ホーダーという人々は、いくら愛を喰らっても満たされず、生き物を不幸にしても手放すことができないのだろう。

圭司は、胸が悪くなるのを抑えながら、もう一度写真を見た。

愛する生き物たちを、こんな地獄に置いて、なにが愛だと言えるのだろう。

ふいに、圭司の目が、写真の一箇所に吸い寄せられた。

「黒岩さん……」

「なあに、どうかした？」

「これ……一本に見えませんか？」

窓際の写真。纐木有美が首を吊っている姿がはっきりと写っている。

圭司が指さしたのは、彼女の首にかかっている紐だった。麻縄は彼女の首にしっかり食い込んでいる。だが、それは一本だけだ。

黒岩の目が見開かれる。圭司の言いたいことに気づいたようだった。

自殺者は、紐が切れることをなによりも恐れる。だから自殺の場合、紐は二重三重に巻かれることがほとんどだ。しかも、鸕木有美は、標準よりはるかに太っている。たった一本で首を吊ろうと考えるだろうか。

黒岩はしばらく考え込んでいた。沈黙が重くなった頃、やっと口を開く。

「以前、わたしに教えてくれたベテラン刑事がいたわ。不自然な出来事がひとつならば、偶然かもしれない。だけど、不自然な出来事がふたつ、みっつ続くのなら、そこには必ず作為があるって」

消えたチワワ、増えている犬猫、そして一本の麻縄。ひとつひとつは些細なことだが、この事件には不自然な点が多すぎる。

黒岩はきっぱりと言った。

「わたし、鸕木有美は殺されたんじゃないかと思う」

第四章　停滞

テレビや映画の中には、ロマンティックな出来事があふれている。

それは、今まで二、三度食べたことのあるフレンチレストランのデザートのように美しく飾り付けられて芳香を放っているが、そんなものは、自分の人生には縁のないものだと思っていた。

もちろん、圭司だって恋をするし、つきあった女の子も何人かいた。だが、いくら努力しても圭司に訪れるのは、冷凍みかん程度のロマンティックで、それですら圭司は困惑したり、どぎまぎしてしまったりして、映画の中の俳優のようにうまく切り抜けられない。

まあ、冷凍みかん程度のロマンティックであっても、甘酸っぱいことには変わりはないし、映画と現実は違うのだ。圭司はそう考えていた。

だから、その夜かかってきた一本の電話に、圭司は腰が抜けるほど驚いた。

その夜も、圭司の帰りは十一時を過ぎた。寮に帰ると、病院から帰ってきたらしいチビが迎えてくれた。最近やっと鳴き声が、猫らしさを帯びてきている。ネズミの声みたいだったのが、一応ナ行になっている。

太郎は、電子レンジの上でいささか面倒くさそうに、しっぽだけでお帰りの挨拶をした。本棚の上でふてくされるのはやめたらしいが、チビが上れない場所から下りようとはしないようだ。

風呂場から、調子外れの鼻歌が聞こえてくる。宗司は風呂に入っているらしい。テーブルの上にラップをかけた麻婆豆腐が置いてある。圭司は、冷蔵庫からビールを出して、プルタブを引いて、一口飲んだ。

苦みのある炭酸が、喉を通り抜けて、全身に染み渡る。心地よさを感じると同時に疲労感もこみ上げてきて、圭司は椅子にもたれかかった。

携帯が鳴ったのは、そのときだった。

あわてて胸ポケットをさぐって、携帯を出す。仕事なら勘弁してほしいと考えながら、圭司は液晶画面を見た。

登録にない電話番号だった。不審に思いながら、圭司は電話に出た。

「はい、會川です」

「あの……夜分遅くにすみません」

女性の声だった。次の瞬間、圭司は椅子から飛び上がりそうなくらいに驚いた。

「安藤です。おわかりですか？」

「わ、わかります。わかりますっ」

安藤早紀には名刺を渡していた。そこには携帯の番号も記されていたはずだ。だが、どうして彼女が電話をかけてきたのだろう。

「いきなりお電話してごめんなさい。でも、どうしてもお話ししたいことがあるんです」

「はいっ、なんでしょうか」

緊張のあまり椅子から立ってしまう。ちょうど風呂から出てきた宗司が、妙な顔で圭司を見た。

「会ってお話ししたいんです。お疲れのところ申し訳ないですけど、お会いできませんか？」

「へ、い、今からですか?」

早紀はひどく申し訳なさそうな声で言った。

「わがままを言ってすみません。もし、ご無理なら明日またかけ直します」

「いえ、いえ、大丈夫です。でも、どこで……?」

「わたしがお願いしたんですから、そちらにおうかがいします。車なので大丈夫ですし」

また心臓が止まりそうになる。

「で、でも……」

「ご迷惑ですか?」

「いえ、大丈夫です」

早紀に聞かれるまま、圭司は寮の場所を教えた。近くまできたら、また電話する、と言って、早紀は電話を切った。圭司は放心状態のまま、空しい音を立てる携帯を眺めていた。

「おい、ケイ。おまえ、ビール飲むんやったらちゃんと冷やせ。おれが冷やしたビール飲むな。何度言ったらわかるんや」

宗司が冷蔵庫をのぞき込んで、腹を立てている。そういえば、ビールは最後の一本だった。放心状態のまま、飲みかけのビールを差し出す。

「やる。一口しか飲んでへんし」

宗司が妙な顔になった。それでもビールを受け取って飲む。

「どないしてん」

「おれにもわからん」

いったい、早紀はなにを考えているのだろう。夜中に男の部屋にくるなんて、まじめそうな彼女とも思えない。

一瞬、もしかして、自分に惚れたのでは、などと虫のいいことを考えて、次の瞬間我に返る。男の部屋といえども、圭司は警察官で、ここは警察の寮である。危険性は少ないと判断しただけだろう。

実際、同じ部屋には宗司がいるわけで、ロマンティックな雰囲気などになるはずはないし、もっと進んで、エロティックなことが起きる確率など、小数点以下である。

「なんやねん。おまえ、仕事しすぎで脳細胞が壊れていってているんちゃうか」

宗司がなにかを言っているが、聞いていられない。圭司は汗をかいたワイシャツを脱ぎ捨て、新しいTシャツとジーンズに着替えた。

同時に、頭の中で深夜まで開いているような店を探す。よく行く居酒屋は十一時で閉店だから、もう無理だ。

「なあ、ソウ。このあたりで、遅くまで開いている店ってあるか?」

宗司はビールを飲みながら首を傾げた。

「コンビニの隣にマンガ喫茶あるやん」

「マンガ喫茶はあかん」

「じゃあ、国道沿いにファミレス一軒あるやろ。あそこ二十四時間営業やったんちゃうか」

ファミレスならば、駐車場もあるからちょうどいい。できれば、ホテルのバーのようなロマンティックな場所がいいが、このあたりにそんな場所はない。

もしかしたら、ファミレスでも、場合によってはロマンティックな空気になるかもしれない。確率は低いが、少なくとも、この部屋にいるよりはずっとましだ。

ちょうど、携帯がまた鳴った。圭司はそれを手に取りながら、寮の玄関を出た。

「どこ行くねん、こんな時間に」

宗司の声が後ろから聞こえたが、かまっていられない。

電話はやはり、早紀だった。ファミレスの場所を伝えて、圭司も小走りで急ぐ。息を切らしながら、圭司はファミレスの前に辿り着いた。階段を駆け上がろうとしたときに、駐車場から声がした。

「刑事さん」

白いワゴン車の隣に、早紀が立っていた。圭司はあわてて駆け寄った。

「店に入っていてくれればよかったのに……」

早紀はくすりと笑って、階段の横にある貼り紙を指さした。

「店内改装のため、しばらく休業いたします」と書いてある。よく見れば、店や看板にも明かりはついていない。

一瞬、宗司を恨んだが、彼が悪いわけではない。失敗をしてしまったせいで、よけいに心臓の鼓動が激しくなる。圭司は力無く笑った。

「どこか、ほかの店、探しましょうか」

早紀は首を横に振った。

「でも、もう遅いし、刑事さんもお疲れでしょう。もしよかったら、車の中で話しませんか？」

「刑事さん」が「圭司さん」に聞こえて、よけいに血圧が上がる。圭司は自分の名前を少し呪いながら、頷いた。もうなにも考える余裕がない。

早紀が運転席に乗り込んだから、圭司も助手席に座った。黒岩とふたりきりで車に乗ってもなんとも思わないのに、相手が早紀だと心臓が早鐘のようになる。自分の吐く息で窓ガラスが曇ってしまいそうだ。

早紀が下を向いてつぶやいた。

「本当にごめんなさい。こんな時間に呼び出したりして。でも、音無さんから、刑事さんたちがきたって聞いて、どうしてもお話ししたかったんです」

「ぼくは、別にかまいません。お役に立てることならなんでも言ってください。でも……なんですか？」

焦りながら笑顔を浮かべて、圭司は尋ねた。早紀はまた目を伏せる。

「音無さん、驫木さんのことをなにか言ってませんでしたか？」

「あの……アニマル・ホーダーだって……」

「やっぱり、そうですか」

早紀は小さなためいきをついた。

「音無さんの言うことは間違っていません。鳳木さんは、そういう名前で呼ばれる心の病だったと思います。わたしが、鳳木さんのボランティアをやめたのも、意見の衝突もあったし、なにより彼女を見ているのが苦しかったからでした」

早紀は決意を秘めた声で話を続けた。

「でも、そんなことばだけで片づけないでほしいです。音無さんは彼女のことをまったく認めていなくて、むしろ腹を立てている、憎んでいるみたいでしたけど、鳳木さんだって、あんなふうになりたくて、なったんじゃないんです」

彼女の手は、いつの間にか膝の上できつく握り合わされていた。

「目の前に一匹の生き物がいて、その子は自分が助けないと死んでしまう。そんな状況でも、『自分には無理』と諦めてしまう人はいます。冷静に考えたら、その方が正しいのかもしれない。でも、無理かもしれないけど、その手を伸ばしてしまう人だっているんです」

彼女の言うことはよくわかる。圭司もチビを助けた。もしかしたら、無理かもしれないと思いながら、でも目をそらすことはできなかった。

「鷗木さんだって、はじめから、あんなふうに生き物を扱っていたわけじゃないんです。最初は、本当に純粋に動物を助けたいと思って、手を伸ばしたんです。でも、助けなければならない動物は、次から次へと現れます。それをどうしても見捨てられなくて、また手を伸ばしているうちに、いろんなことが自分の手に負えなくなって、やがて正常な判断もできなくなって、そして追いつめられていったんだと思います」

圭司は黙って、早紀の話を聞いていた。

今日の昼間は、たしかに音無の話を聞いて納得し、そして鷗木有美に怒りを覚えた。だが、今こうやって早紀と話してみると、彼女の言うことが正しいような気持ちになる。

最初から、助けたいなんて考えなければ、泥沼に足を取られることはないのだ。

「動物保護をやっている人たちに、世間の目はとても冷たいです。過激な人間と見られることも多いし、不幸な人がいるのに、なぜ動物なんかを助けなければならないんだ、と言う人もいます。ボランティアをしているからと、家の前に動物を捨てられることだって何度もあります。飼えなくなったから引き取ってほしいと言われて、『それはできない』と断っただけで、罵詈雑言を浴びせかけられることだってあるんです。こっちがどんなに手一杯だとしても、電話だけかけてきて、『あそこに捨て犬がいたから助けてあげて』って言う人もいます。『あなたが保護していただけませんか？』と言ったら、『それでもボランティアか！』と叱られました」

彼女の声は震えていた。横で聞いていて、圭司もいたたまれないような気持ちになる。

犬猫を保護する人の家の前に、自分の飼った犬を捨てる人も、引き取ることを強要する人も、自分ではなにもせずに電話だけする人も、すべてその後は、その動物が幸せになったような気持ちになり、すっぱり忘れてしまうのだろう。命と、決断の苦しさを他人の手に押しつけて。

「最近は、インターネットのオークションなんかでも、犬や猫が買えるから、気楽な気持ちで飼って、手に負えなくなったからって他人に押しつける人がたくさんいます」

彼女は泣きそうな声で言った。

「いいことなんて、ひとつもないです。でも、それでも目の前の命を見たら、助けずにはいられない。だから手を伸ばすんです」

「安藤さん……」

その肩に手を伸ばしたいと思った。小刻みな震えを止めてやりたい。だが、圭司のそんな気持ちは、次の彼女の一言でしゅるしゅるとしぼんでいった。

「わたしには、支えてくれる人がいたから……伊藤先生に会えたから、まだ鷗木さんみたいにならずにすんだだけです。でも、あの人がいなかったら、わたしも鷗木さんと同じように、いつか耐えきれずに自殺していたかもしれない」

圭司はなんと言っていいのかわからず、ただぎこちない笑みを浮かべた。

少し胸の痛みを感じるのは事実だ。だが、彼女にとって、伊藤がそれほど力強い存在で、彼のおかげで彼女が元気でいられるのなら、それは喜ばしいことだ。

鷗木有美の隠された日記を思い出す。早紀があんなふうに苦しむところなど、想像したくないから。

伊藤とは一度会っただけだが、さほど二枚目ではないものの、背は高く優しそうな風貌をしていた。しかも大学の先生ということは、獣医としても将来が期待されていて、おまけにボランティアを買って出るほどの人格者だ。

いくら考えてもかなうはずはない。

早紀はふうっと息を吐いた。やっと笑顔を見せる。

「ごめんなさい。どうしてもこれを刑事さんに話しておきたかったんです。鳳木さんはとてもひどいことをしたように見えるし、音無さんや伊藤先生もそう考えています。だけど、わたしは刑事さんにはそう考えてほしくないんです。ある一面ではひどいことをしたのは確かだけど、彼女は彼女なりに頑張って、そして追いつめられたんだって」

圭司は頷いた。

「わかります」

早紀の表情から、緊張が抜けていくのがわかった。

「刑事さんみたいな人で、本当によかったです」

自嘲的な気持ちになりながら、圭司は尋ねた。

「ご結婚はいつですか？」

いつかその日がきたら、花でも贈ろう。

早紀は、少し照れたように笑って、下を向いた。

「まだ、来年です。婚約したのも、今月の初めなんです」

それを聞いて、落ち込みはよけいに激しくなる。もし、一ヶ月早く出会っていたら、なにか変わっただろうか。

もし、自分に時間を遡《さかのぼ》る能力があるのならば。そんなふうに考えて、圭司は自分の子供っぽさに苦笑いする。

部屋まで車で送ると言われたが、すぐ近くだから、と断った。こんな気分の日は、夜道をとぼとぼ帰るのがお似合いだ。車を出すときに、早紀は微笑みながら言った。

「わがままを言って本当にごめんなさい。話を聞いてくださってうれしかったです」

圭司は笑っただけだったが、心の中でこうつぶやいた。

あなたがそう思ってくれるだけで、走ってきた甲斐《かい》があった、と。


寮に帰ると、宗司はまだ起きていた。洋画のＤＶＤを観ているその膝には、最近にしては珍しく太郎が乗っていた。

「あれ、チビは？」

尋ねると、顎でケージの方を差す。チビはケージの中に、薄汚れたぬいぐるみを引っ張り込んで、一緒に寝ていた。ぬいぐるみはたしか、ずいぶん前に圭司がUFOキャッチャーで取った物だった。

圭司は、ケージのそばに寝転がって、指先でチビをくすぐった。チビはかすかに身じろぎをした。肉球はまだ桃の花のつぼみみたいに、きれいなピンクだった。そっとそれをなぞると、幸せな気持ちになる。

「そういえば、動物病院ではなんて言ってた？」

「あ、ああ、それがおかしいねん」

宗司は、DVDを一時停止して、こちらを向いた。この男は一度にふたつのことができないようだ。

「おかしいってなにが」

「便秘やないって、獣医さんが言うねん。お腹の中には便なんか溜まってへんって」

「だって、昼も夜もウンコせえへんかったんやろ？」

子猫は一日に何度も排泄するのが普通だ。からだが小さいから、それほど溜めておけないのだ。

「もうそろそろ自力排泄できるようになったんちゃうかと言われたけど、でも、ケージの中に入れてるやろ。ケージの中にはなんも落ちてへんし、タオルも汚れてへん」

たしかにそれは妙だ。

「ものすごーく、消化するのが遅いとか……」

「そうなんかなあ」

太郎が、不満そうな声で鳴いた。どうやらチビの話をしているのが気に入らないようだ。

「ともかく、なんともないって言われた。健康そのものやって」

妙な話ではあるが、病気でないのなら安心だ。

そういえば、夕食を食べそびれてしまったのだった。さすがにもう食欲はない。圭司はごろりとまた横になった。

「おまえ、さっき、どこ行ってきててん」

「いや……ちょっとな」

天井を眺めながら圭司は考えた。黒岩のことで、宗司をからかっていた罰があたったのかもしれない。自分も、宗司と同じように告白する前に玉砕した。

いや、出会ってから振られるまで間があった宗司の方が、まだましなのかもしれない。圭司は、会って一目惚れした数秒後に、もう婚約者がいることを知ってしまった。

圭司は、携帯を出して彼女の写真を画面に表示させる。

それでも、彼女が自分を頼ってくれてよかった、と思いながら。

次の朝、出勤した圭司は、鳥居係長に呼び止められた。

どきりとする。犯人逮捕に繋がりそうもない捜査に、ここ数日はかかりきりになっている。黒岩は「なにも言われないんだから、いいんじゃないの」と、のんきにかまえているが、圭司は少しびくびくしていた。

「東中島の強盗事件は、その後どうや」

「はあ……あまり目立った進展は……」

本当のところは、追っていた手がかりからは犯人が割り出せそうにないということがわかったばかりだったが、それを口にするのはやはり気が重い。

「まあ、久保井が追っていてもあかんかった事件やしな。仕方ないわ。まあ、それはちょっと置いておいて、こっちきてくれ」

机に手招きされる。圭司は、部屋を見回して黒岩の姿を探したが、見つからない。怒られるのなら道連れを、と思ったが、残念だ。

鳥居係長の机に近づくと、彼はメモをとっていた紙から顔をあげた。

「実は、北署がなんか言うてきてるねん。なんや、黒岩が、北署管轄の事件について口を出しているんやて？」

圭司は首を縮めた。やはり文句を言われたようだ。

圭司は、順序立てて事情を説明した。強盗事件の捜査でいくつかの新事実が発覚し、それを見る限り、自殺という北署の見解にはやや疑問が残る。そう言うと、鳥居係長はためいきをついて、首を曲げた。

「まあ、それやったらしゃあないけどなあ。北署が、黒岩とおまえを貸してくれって言ってきているんや。ほんまは、貸すほどこっちも暇なわけやないんやけど……」

それを聞いて、少し驚いた。

ということは、北署も鷽木有美の自殺を洗い直すことに決めたのか。

「黒岩はなんや知らんけど、一時間くらい遅れて、直接北署に行くって言ってたわ。

だから、會川、おまえ、これからひとりで行ってくれ。資料も持っていってくれって黒岩が言ってたわ」

「あ、はい。わかりました」

怒られなかったことにほっとしながら、圭司は頭を下げた。

「頼むわ。こっちかて忙しいねん。北署の事件なんか、ちょこっと手伝って、さっさと戻ってきてくれ」

圭司は、黒岩の机を探して、現場の写真や証言のメモを集めたファイルを自分の鞄に入れた。そのまま、こちらを見ている鳥居に礼をして、刑事課を出る。

それにしても、黒岩はなぜ遅れてくるのだろう。今まではこんなことはめったになかった。

やはり雄哉のことで、なにか揉めているのかもしれない。

北署は、南方署よりも数倍大きな建物だった。管轄区域の規模が違うから仕方のないことかもしれない。少し卑屈な気持ちになりながら、玄関をくぐった。

刑事課に行って用件を言うと、会議室に通された。

すぐに三井と草間が現れた。

「昨日、黒岩さんから電話をいただきました。ご協力感謝します」

三井は、童顔には似合わない、落ち着いた口調でそう言った。隣の草間は、あきらかに不機嫌な顔だったが、上司である三井が丁寧に挨拶してくれたので、ほっとする。

「電話では、簡単に説明していただいただけでしたが、くわしいことを教えていただけますか？」

圭司は、まず自殺現場の写真を出して、縄が一本であることを指摘した。

「そんなことはこっちだってわかっている」

吐き捨てるように草間が言った。

「だが、それだけだ。ほかには不自然な点はなかった。単に、鳳木有美が自分の体重をそれほど重くはないと判断したんだろう。実際、麻縄は丈夫だから、切れなかった」

「でも、事実ではなく、心理状態の問題です」

自分がこんなにも強気になっていることに、圭司は驚いていた。黒岩の打たれ強さを学んだのかもしれない。

「たしかに、會川くんの言う通りや」

三井が静かに言う。

「それから音無さんが言っていました。鷹木有美はアニマル・ホーダー——自分が世話できる上限を超えて動物を集め、抱え込んでしまう——という心の病だったそうです。そして、そのアニマル・ホーダーが自殺した例というのは、非常に少ないそうです」

「でも、ゼロというわけでもないんだろう」

草間の返事に、少し苛立ちを感じたが、表情には出さずに受け流す。

「そのあたりは、ぼくたちもきちんと調べたわけではないので」

「わかりました。心理学者の人に尋ねて、くわしい資料を取り寄せましょう」

三井は頷いてそう言った。

あとは、犬や猫の数が増えているように思えることと、いたはずのチワワが見つからないこと。ひとつひとつは小さなことだが、不自然には違いない。

三井は眉間に皺を寄せて聞いていた。

「実はわたしたちも気になったことがひとつあったんです」

「なんですか?」

「本当に関係があるのかどうかわからないことです。ただ、布団をしばらく使った形跡がなかった。彼女が寝室として使っていたらしき部屋があったのですが、そこの押入に入っていた布団は、長い間放置されているようにしか思えませんでした」

たしか二階の部屋だ。その部屋だけはきれいで、犬や猫の糞尿が落ちていなかったことを思い出す。

三井は、音を立ててファイルを閉じた。

「ともかく、ありがとうございます。もう一度、洗い直すことにします」

「わたしがわざわざくるまでもなかったようね」

後ろから声がして、見れば、黒岩が立っていた。

「どうもわざわざご足労いただきまして」

三井が立ち上がって頭を下げた。

「いえ、こちらこそ遅くなってすみませんでした」

黒岩は大股で歩いてきて、圭司の隣に腰を下ろした。

「捜査し直していただけるということで、ほっとしました。このままじゃ、寝覚めが悪いですから」

圭司も肩の荷が下りたような気持ちになる。これで、本当にこの事件は自分たちの手から離れたわけだ。ほっとしたのと同時に寂しいような気持ちにすらなる。この事件が、自分たちの管轄区域で起こったものなら、自分たちの手で調べられたはずだ。

ただ、真実を見つけ出したいと思うだけでは、越えられない壁がある。


北署から帰る車の中で、黒岩はやけに無口だった。どこか意気消沈しているようにも見えた。

圭司はハンドルを切りながら、顔を見ずに尋ねた。

「どこ行ってたんですか？」

「ちょっとね」

「雄哉くんのことで？」

黒岩は、驚いたように、圭司を見た。そして、少しだけ笑う。

「あたり。そうね。最近は、あの子に振り回されてばかりだものね」

ためいきの混じった声で、彼女はつぶやいた。

「雄哉の父親……まあわたしの義兄なわけだけど、彼と、さっき会ってたの。仕事で大阪にくる機会があるからって、それでちょっとね。もう帰ったけど」

「雄哉くんも、一緒に帰ったんですか?」

「ううん、あの子はまだうちにいる」

黒岩は、珍しく車の中で、煙草に火をつけた。そのまま煙を吐く。

「いらいらするわ」

「え?」

「雄哉も義兄さんもいらいらする。なんか肝心なことはなんにも言わないの。雄哉はまだ子供だから仕方ないけど、義兄さんがなにを考えているのかまったくわからないのよ。連れて帰りますか? って聞いても、『いや、雄哉がいたいのなら無理に帰らなくても』とか言って、なんだかまどろっこしいというか。かといって、預かってくれって頼むわけでもないし。雄哉も『お父さんと一緒に帰る?』って聞いても、『帰らなきゃならないなら……』とか言うし、もう、なんかストレス溜まるわ」

まるで、わたしの出方をうかがっているみたい。黒岩は、腹立たしげにそう言った。

圭司はおそるおそる尋ねた。

「雄哉くんは、黒岩さんのところにいて、楽しそうですか？」

「わかんない。あの子、感情をあまり表に出さないの」

それでも、聞く限り、彼は家に帰りたくないように思える。「帰らなきゃならないなら、帰る」ということは、「帰らなくてもいいのなら、帰りたくない」ということだからだ。それに、わざわざ家を飛び出してまで、黒岩のところにやってきたのだ。彼にとって、家が心地よいところであるはずはない。

もっとも、黒岩にそんなもってまわった物言いが通じるとは思えない。

黒岩は、また煙を吐いた。車内に白い煙が満たされる。

「自分にもいらいらするわ」

「え、どうしてですか？」

その質問には、黒岩は答えなかった。ただ、まだ長い煙草を灰皿で押しつぶして、目をそらした。

彼女が次に口を開いたのは、南方署が近くなってからだった。

「會川くん、笑うかもしれない」

黒岩の口から出たとは思えないことばに、圭司は仰天した。彼女が、笑われることを気にするなんて、考えたことなかった。

「わ、笑いませんよ」

いや、もしかするとどうしても笑いを堪えることが困難なことはあるかもしれない。だが、笑わないように努力する。もし、笑って黒岩からこの後、どんな扱いを受けるかを考えただけで、笑わないことは可能だ。

黒岩は小さな声で言った。

「わたし、あの子が可愛いの」

思わず圭司が黒岩の顔を見ると、彼女はすっと目をそらした。

「もちろん、なに考えているのかわかんないし、覇気がないし、全然子供らしくないけど、たったひとりの甥っ子なの。可愛いのよ。あの子が悲しい顔をしていると、つらいの。笑っていてほしいの」

彼女は、拳で小さくガラス窓を叩いた。

「それだけじゃない。できたら、一緒にいたいと思っている。義兄さんが、預かってくれって言うたびに、『虫のいいことを言って』と思いながら、うれしかったの。夏休みや春休みが待ち遠しかったの」

黒岩がこんなことを言うのは、はじめて聞いた。

圭司は迷いながら、言ってみた。

「じゃあ、しばらく雄哉くんを預かったらいいんじゃないですか？」

部外者の甘い考えかもしれないが、なぜかそれがいちばんいいような気がした。雄哉もきっと、黒岩のそんな愛情に気づいているから、家を飛び出して大阪にくるのだろうし、彼の父親も、息子を愛していないとまでは言わないが、仕事で忙しくて、持て余してしまっているようにしか思えない。

「怖いわ」

黒岩は、小さくそうつぶやいた。

「わたしが引き取りたいって思って、そして引き取ったことが、あの子の幸せに繋がるかどうかわからないじゃない。そのせいで、父親のことを信じられなくなったり、愛情を感じられなくなったら、わたしのせいだわ。それに、親じゃない人間と、一緒に暮らしていることを友達に知られたら、そのせいで苛められるかもしれない。あと、今は智久が一緒にいるけど、これから先、どうなるかわからないし、もし彼と別れることになったら、わたしも仕事で帰りが遅いわけだし、あの子にまた寂しい思いをさせるかもしれない」

彼女は一気にそうまくし立てると、シートに身体を埋めた。

「黒岩さんらしくないですね」

「なにが？」

「まだ起こってない先のことを、そんなに心配するなんて」

黒岩はいつも、もっと肝が据わっていると思っていた。実際、圭司なら躊躇してしまうようなことも平気でやってのけるし、そのせいで人にどんなふうに思われようと、気にした様子を見せたこともない。

「自分に起こることなら、なにも怖くない。だけど、人の不幸は、わたしには引き受けられないわ」

結論が出ないまま、車は南方署の駐車場に入った。

車を降りて、ドアを閉めながら黒岩は言った。

「なにより、自分の愛情が単なるエゴじゃないかと思えることがいちばん怖いの」

署に戻り、鳥居係長に報告をする。北署の用事がすぐに終わったことで、鳥居もほっとしたようだった。

そのまま、他の刑事たちが担当していた事件の聞き込みを手伝うことになる。鷽木有美の事件に最後まで関わることができなくて残念といえば残念だが、本来の仕事に戻ることができて、ほっとしたのも事実だ。

移動しているときに、ふいに黒岩が言った。

「長谷川さんに謝らなきゃ、結局彼女が見つけたティアラへの手がかりも、無駄にしてしまって見つけられなかった」

「別に、黒岩さんのせいじゃないですよ」

もし、鷽木有美が自殺していなくて、そこにティアラがいたのなら、もっと事は簡単だったはずだ。そう考えてから、圭司は首を傾げた。

いや、鷽木有美はアニマル・ホーダーだったから、手放すことを嫌がったはずだ。その場合、ティアラだと法的に証明する手段などないはずだ。

どちらにせよ、鷽木有美がティアラを拾ってしまった時点で、希望は絶たれてしまったのかもしれない。

しかし、黒岩がそんなことを言い出すのは珍しい。いつもは、なにかの事情でうまくいかなったことを、いつまでも悔やむような人ではない。あきらかに自分のせいで失敗したことでも、「そういうめぐりあわせだったのよ」などと言ってけろりとしている人だ。

圭司は少し考え込んだ。いつの間にか先を歩いている黒岩を追いかける。

「黒岩さん、よかったら、うちに飲みにきませんか。ひさしぶりに兄貴の作った飯でも食いに」

黒岩は少し驚いた顔をして、それから目を細めて笑った。

「いいわね。でも、どうして？」

「いやあ、きっとうちのアホ兄貴も黒岩さんに会いたいと思っていますよ」

それは紛れもなく真実なのだが、黒岩は冗談だと思ったらしく、くすくす笑っている。

「そうね。宗司くんの料理おいしいものね」

宗司に聞かせてやると、飛び上がって喜ぶだろう。

また以前のように急に言うと、宗司が動揺するだろうと思ったから、圭司はすぐに宗司の携帯に電話をかけた。

　事情を説明すると、宗司の声がひきつるのがわかった。

「わ、わかった。もう次は豚づくしはせえへんぞ」

　そう言えば、以前、黒岩がやってきたとき、宗司は緊張のあまり、豚カツと豚汁と回鍋肉という豚づくし献立をテーブルに並べたのだ。たしかにどれも宗司の得意料理ではあるのだが、普通は作っているうちに気づくだろうに。

「黒岩さん、そこにおるんか？」

「おるよ」

　黒岩は植え込みに腰掛けて、携帯灰皿で煙草を吸っている。

「なにが食いたいか、聞いてくれ」

　圭司は頷いて、黒岩に向かって声をかけた。

「黒岩さん、なにが食べたいですか？」

　黒岩は、細い足を組み替えて、にっこりと笑った。

「豚づくしがいいって、お兄さんに言って」

いくつかの聞き込みを済ませ、夕方からの会議に間に合うように署に戻った。

今のところ新しい事件は起こっていないから、まだ未解決の事件の状況について話し合い、それから捜査員を再編成することになる。

結局のところ、ここ数日の圭司と黒岩の捜査は、まったく実を結んでいない。「進展ナシ」の状態のままだ。そんなものだ、とわかってはいるけど、そう簡単に割り切れるものではない。

長谷川姉妹の強盗事件は、また久保井刑事が中心になって捜査をすることになった。黒岩は、別の暴行事件の捜査を担当するようだ。

黒岩と一緒に自分の名前が呼ばれなかったので、少し不思議に思っていると、鳥居係長が、いきなりこちらを向いた。

「ああ、會川は、城島と組んでくれ。淀川河川敷での変死体の件を頼むわ」

言われて息を呑む。その事件は、先日まで捜査本部を南方署に置いて、大阪府警と一緒に捜査していた大きな事件だった。だが、有力な手がかりがつかめないまま、捜査本部は解散になったはずだ。

圭司は、あわてて斜め向かいの椅子に座っている城島に頭を下げた。

「よろしくお願いします」

城島と組むのは、強行犯係に配属されて初めての事件以来だ。あのとき、圭司は致命的な失態を犯して、それから黒岩とコンビを組まされることになったのだ。

会議が終わって、城島のところに行くと、彼は厳しい表情のまま圭司を見た。

「言っておくが、気の重い仕事だぞ。府警がきれいに浚《さら》って、中になにもない可能性が高い溝《どぶ》を、もう一度端から端まで浚うんだ」

「はい、頑張ります」

結局のところ、刑事の仕事というのは、それの繰り返しなのだろう。なんとなく、すっきりした気持ちになって、圭司は頷いた。

車に乗って、聞き込みの場所へ向かう途中、城島が言った。

「東中島の事件は災難だったたな。結局、北署のお手伝いをしたことになっただけか」

先ほどの会議のとき、大まかな経緯は黒岩が説明した。圭司は、苦笑して頷いた。

「そうです。それでなにか出てきてくれたら、まだ報《むく》われるんですけどね」

また、「自殺」という結論に達する可能性は高い。そうなったときに、圭司にできることはなにもないのだ。

ふいに、城島が目を細めて尋ねた。

「虹の橋って知っているか？」

いつも固く引き結ばれていて、冗談さえ言いそうにない城島の口から漏れた単語の意外さに、圭司は驚いた。

「おれも猫飼っていますから……知ってます」

虹の橋。それは動物を飼う人々の間で囁《ささや》かれる、救いのためのお伽噺《とぎばなし》だ。

愛する犬や猫が死んだとき、彼らは天国にまっすぐに行くのではないのだ。その手前の虹の橋と呼ばれるところで、彼らは後から飼い主がくるのを待っている。

そして、飼い主が死んだとき、はじめてその虹の橋を渡って、飼い主と一緒に天国に行くのだと。

たぶん、ペットロスに陥った人を慰めるため、だれかが考えた物語だろう。

だが、城島はなぜ、そんなことを言い出したのか。

「五年ほど前だったか……暴行事件をひとつ担当した。犬のブリーダーをやっている中年女と、その隣人の間で吠え声をめぐるトラブルがあり、隣人がブリーダーを殴ったんだ」

城島は取り調べのために、何度もそのブリーダーと会った。家も訪ねた。

「部屋の中に、狭いケージが積み重ねられていてな。そこからめったに出してもらえない純血種の犬たちが、いつも悲痛な声で鳴いていた。散歩にも行かない。毛は糞にまみれていた。あきらかに、身体に障碍《しょうがい》のある犬もいた。発情期がくるたびに妊娠させられて、ただ金になる子犬を産むだけの機械のように扱われた犬たちだった。そんな犬たちの声を毎日聞かされた隣人が、おかしくなるのも無理はない、と思ったよ」

圭司は息を呑んで、話を聞いていた。

「何度目かに行ったとき、そのブリーダーは、ゴミ袋に生まれたばかりの子犬を詰めているところだった。五匹生まれたが、ほとんど奇形で、売り物にならない。だから保健所に持っていくんだと言っていた。そのとき、その女はこう言ったんだ。『この子たちとは、そのうちに虹の橋で会えるから』ってな」

圭司は唇を嚙みしめた。救いのための物語が、そんな人間の罪悪感の捨て場所になっているとは思いたくはなかった。

城島は冗談めかして笑った。

「おれが公務員でさえなければ、言っていただろうな。『冗談じゃねえ、そいつらはおまえの金儲けの道具にならずにすんで、天国で大喜びで走りまわっているだろうよ』」

その後、吐き捨てるように、つぶやく。なにが虹の橋だ、と。

「むしろ、死んだ犬が地獄の番人のケルベロスとなり、地獄の入り口で待ち受けて、ろくでもない飼い主を頭からばりばり喰ってしまうような、そんな物語の結末だといいのにと思ったよ」

だが、この仕事に就《つ》く者はみんな知っている。因果応報なんて、この世にはないのだ、と。

たぶん、そのブリーダーはこれからも信じ続けるのだろう。自分が殺したも同然の犬たちが虹の橋で待っているのだと。

人を傷つけた者は、自分が努力して逮捕し、法廷で裁かれる。

だが、動物たちを傷つけた者は、なにによって裁かれるのだろう。

「それやったら、黒岩さんが引き取ったらええやないですか。嫌やないんでしょ」

宗司が三本目の缶ビールのプルタブを開けながら、そう言った。顔はすでにうっすらと赤い。

黒岩が一緒にいる緊張感を紛らわせるためか、宗司はハイペースでビールを空けている。間もなくへべれけになるだろう、と圭司は冷静に考えた。

「そう簡単にはいかないのよ」

黒岩も、ビールの缶を握りつぶしながら答える。まだ一本空けただけだが、見かけによらず酒に弱い黒岩だから、こちらももうすぐぐでんぐでんになるだろう。介抱するのは間違いなく自分である。圭司は、それを考えて、ビールを飲むペースを落とした。

テーブルの上には、豚汁と豚キムチと豚しゃぶサラダが並んでいる。以前の豚づくしと献立が違うのは、夏が近いからだろうか。

「嫌だったら、もっと話は簡単だわ。いろんな問題点を徹底的に検証して、それでわたしが引き取るのがいちばんいいとわかったら、引き取ることにすればいいんだもの」

「今でもそうでしょ？」

「わかんないのよ。本当にわたしが引き取っていいのか」

黒岩は眼鏡を外して、赤くなった目尻を擦《こす》った。

「もし義兄さんが再婚したら、きっとまた彼とその新しい奥さんと一緒に暮らすことになるだろうけど、そうじゃなかったら、要するにわたしがお母さん代わりになるってことじゃない」

「まあ、そうですね。ぶっちゃけて言うと」

黒岩はためいきをついた。

「無理よ。絶対無理。わたしなんかにお母さんは勤まらない」

「いや、大丈夫ですよ」

なぜか、宗司と圭司は同時にそう言っていた。

「なによ、なんでハモるの？」

「いや、ハモったわけじゃないんですけど」

宗司が苦笑いしながら圭司の顔を見た。お互いの言いたいことはよくわかる。

一般的に、多くの人が想像するいいお母さんの像からは、黒岩はたしかにかけ離れているだろう。だが、そんな母親だけが、いい母親ではないことを、宗司も圭司もよく知っていた。

「うち、父親いないんですよ。小さいときにオヤジが死んで、その後は母親がひとりで育ててくれました」

圭司の説明を、黒岩は驚いた顔で聞いていた。話すのははじめてだったかもしれない。

宗司が後を続ける。

「で、このおかんが、しっちゃかめっちゃかな人で……」

夜、水商売をしていたから、朝は起きてくれずに、圭司たちは自分たちで起きて、朝食を食べ、寝ている母親に「行ってきます」を言って、学校に行った。帰ってくるのと入れ違いに、母は美容院に行って、お店に出勤する。

家事は、基本的に自分たちでやった。料理の本を見ながら、作れるものは自分で作った。手を切ったことも、前髪を焼いたことも何度もある。

「正直、よそのいつも家にいてくれるおかんが、羨ましかったこともあるけど、でも、おれはそんなに自分の家のことは嫌いやなかったです」

そんなふうに、毎晩出かけていった母だが、休みの日は必ず一緒にいてくれた。行くのは近所の公園や動物園くらいだったけど、朝から晩まで一緒に過ごした。一緒に笑って、べたべたと抱きしめてくれた。

普段の夜も、酔っぱらって帰ってきた母親は、寝ている宗司と圭司に抱きついて、煙草と酒の匂いのするキスを、ふたりの頬にした。

——ソウちゃん、ケイちゃん、大好きやで。

母親が毎夜のように笑いながらそう言った。うっとうしいと思うこともあったが、それでもわかっていた。母親がこんな遅くまで働いて、酔って帰ってくるのは、自分たちのためなのだ、と。

たしか小学校高学年のとき、宗司が一度四十度近い高熱を出した。圭司はどうしていいのかわからないまま、母親の帰りを待った。帰ってきて、宗司を見た母親の顔を、圭司はまだはっきりと覚えている。

荷物を投げ出して、そのまま額に自分の額を押しつけた。よろける足取りで、電話に飛びついて、救急車を呼んだ。

どうしよう、どうしよう。母はそう泣きながら、宗司の頬に自分の頬をすりつけた。

そして、こう言った。

　ごめんね、ソウちゃん。

　そのとき、圭司はとても不思議に思った。宗司が熱を出したのは、別に母親のせいではないのに、どうして謝るのだろう。

　今ならわかる。いつも笑っていたけど、きっと彼女も罪悪感に苛まれていたのだ。毎夜、ふたりを置いて出かけること、ほかの母親のように毎日食事を作ってやれないこと、父親がいないこと。

　そう思うと、重いものを背負って歩いていた母が可哀想になるけど、すぐに圭司は気づく。きっと、もう母は、罪悪感は抱いていないはずだ。宗司と圭司は、出来がいいか悪いかはともかく、一応大人になり、母親に心配をかけない程度にはまっとうに生活できている。

　宗司が言った。

「愛情があれば、どんなことでも乗り越えられるなんて考えてへんけど、でも、愛情があれば解決できることって、結構多いと思いますよ」

　黒岩は黙って、圭司たちの話を聞いていた。いつの間にか、ビールを口に運ぶ手も止まっている。

やがて彼女はぽつりと言った。

「雄哉が、わたしと一緒にいたいって言ってくれればいいんだけど」

「その子は言わないと思いますよ」

宗司が間髪《かんはつ》をいれずにそう答えた。

「どうして？」

「子供だってわかるはずです。自分が一緒にいたいと思うことが、黒岩さんに負担をかけることだって。だから言えないんです。たとえ思っていても。だから、黒岩さんが言ってあげないと……」

圭司ははっとした。宗司のことばでやっとわかった。なぜ、あの子があんなにも固く口を閉ざしていたのかを。

黒岩は、中身の入ったビールの缶を、ゆっくりと揺らした。たぷん、たぷんと波のような音がした。

「不思議ね。相手の気持ちを、きちんと確かめて、自分の気持ちを押しつけないことが、大人同士の間では、愛情のあるふるまいだと思うのに、子供が相手だと少し違うのね」

黒岩は今日、「人の不幸は引き受けられない」と言った。だけど、その不幸をも引き受けることが、子供を育てるということなのだろうか。

美紀だって、考えたはずだ。水商売である自分が育てたら、子供がぐれるかもしれない。苛められるかもしれない。まっとうな大人になれないかもしれない。

もちろん、黒岩の場合とは違い、実の子供だから責任はある。だけど、それ以上に彼女はきっと、こう考えただろう。それでも、自分は息子たちと一緒にいたいのだ、と。

黒岩は、ごろりと畳の上に横になった。

「難しいわ……、だって、もう何年もわたし、大人としかつきあってこなかったもの」

「黒岩さんなら、大丈夫ですよ」

宗司が酔って、呂律がまわらなくなった口調で言う。

それはたぶん、宗司のいつもの安請け合いではない。

圭司は知っている。実際に、雄哉は黒岩を頼ってやってきているのだ。

黒岩は酔っぱらったまま、帰っていった。

とりあえず、圭司が大通りまで送っていき、そしてタクシーに乗せた。智久には、黒岩が電話をしていたから、きっと彼は表に出て待っているだろう。

大通りから、寮に続く道を歩きながら考える。

黒岩は雄哉と一緒に暮らすのだろうか。もちろん、それは黒岩の思惑ひとつで決まるようなことでもないのだろうけど、それでも、黒岩がもし、「うちにいていいよ」と言ったなら、雄哉も少しは、生きることが楽になると思う。たとえ、最終的に、それがかなわなかったとしても。

なんとなく、雄哉の中に、小さい頃の圭司がいるような気さえしてきた。

部屋に帰って靴を脱いだ。宗司は、大の字になって高いびきをかいている。よくもまあ、憧れの人の前で、こんな醜態がさらせるものだ、と思う。まあ、黒岩もあの酔いっぷりでは覚えていないかもしれないが。

自室の襖を開けた瞬間、圭司は目を見開いた。

ケージの中で寝転がるチビ。ケージの側には太郎がいた。

太郎は、ケージの隙間からチビのお尻を舐めてやっていた。

太郎も圭司に気づいて、こちらを向き、驚いたような顔をした。そのまま圭司の脇を走り抜けて、台所の冷蔵庫の上にすごい勢いで上った。

「なんでやねん。なんで逃げるねん」

太郎に近づこうとすると、毛を逆立てて威嚇された。もしかして、見られたのが恥ずかしいのだろうか。

じわじわとおかしさがこみ上げて、圭司は声を殺して笑った。

出かけていて帰ったときに、チビの尻をマッサージしてやっても排泄しなかったのは当然だ。なんのことはない、留守中に太郎がああやって舐めてやっていたのだ。

まるで母猫のように。

太郎は、冷蔵庫の上で背中を向けて、いくら呼んでも振り返ろうとしなかった。猫には猫なりのプライドというものがあるらしい。

圭司はチビをケージから出してやると、大福餅みたいにやわらかな背中を撫でた。

「よかったなあ、チビ」

同意するように、チビはかすれた声で鳴いた。
はじめての、ちゃんとした猫の鳴き声だった。

第五章　嗚咽

十日ほど後のある日、それは起こった。

ふいに、となりの窃盗犯係がざわめきはじめた。交わされる会話を漏れ聞くだけで、だいたいの内容はわかった。

どうやら、空き巣が現行犯逮捕されたらしい。ここ数ヶ月、南方署の管轄区域では空き巣事件が多発していた。うまく、その空き巣が余罪を自白すれば、検挙率が一気に上がることになる。

犯人が取調室に入ったという連絡がきて、窃盗犯係の刑事たちが刑事課を出て行く。

それをぼんやり眺めていると、ふいに鳥居係長に肩を叩かれた。

「淡路中央交番の會川宗司巡査は、會川くんのお兄さんだろう」

いつも穏やかな鳥居係長が、珍しく険しい顔をしていた。

「はい、そうですけど」

「彼が、アパートに侵入した空き巣を見つけて、現行犯逮捕したんだが、そのときに刃物で刺されて負傷したらしい。すぐに病院に行きなさい」

一瞬、なにを言われたのかわからなかった。その後、どっと頭に血が上るのを感じた。

必死で気持ちを落ちつけながら、病院の場所を確認する。会話を聞いたらしい黒岩が心配そうな顔で、こちらを見ていた。

――あの、アホが……。

圭司は廊下を走りながら、心で宗司を罵《ののし》った。

警察官としてはお手柄だが、だからといってもしものことがあっては取り返しがつかないのだ。美紀だって、きっとショックを受けるだろう。

祈るような気持ちで、圭司は病院へ急いだ。

受付で問い合わせると、治療中だから、待合室で待つように言われた。まさか、手術が必要なほど、ひどい怪我をしたのだろうか。不吉な想像が頭から消えず、圭司はじりじりしながら、待ち続けた。

小一時間ほど経ったときだった。

「おう、圭司、きたんか」

あまりにものんきな声がして、圭司は顔をあげた。

宗司がそこに立っていた。二の腕と頭に包帯を巻いているが、顔はいつもどおりへらへらと笑っている。

安心すると同時に、全身の力が抜ける。

「なんや、生きてたんか」

「うわ、なんて言いぐさや」

宗司は圭司の隣に腰を下ろした。手柄を立てたせいか、やけに機嫌のいい顔をしていて、少し呆れる。

「おれの活躍、聞いた？」

「聞いてへん。聞きたくもない」

「なんやねん、なんでそんなに機嫌悪いねん」

宗司は子供のように口を尖らせた。圭司は兄の全身を見回した。

包帯を巻いているのは頭と二の腕だけだから、刺されたのは腕だろう。まさか頭を刺されて、こんなにへらへらしているとは思えない。宗司だから、あり得るかもしれないが。

「頭、どうしてん」

「ああ、犯人と揉み合ううちに、ブロック塀にぶつけてん。額から血がだらだらって出てな。刑事ドラマみたいやったで」

圭司は、大きなためいきをついた。

「死ねばよかったのに……」

「うわ、そんなこと言うか」

待たされたのは、一応頭を打ったために、精密検査をしていたためらしい。そうならそうとはっきり言ってほしいものだ、と圭司は受付の女性を少し恨んだ。

もう帰ってよいと言われたというので、ふたりは病院を出た。ちょうどタクシーを捕まえようとしたときに、圭司の携帯が鳴った。見れば、黒岩からだった。

「はい、會川です」

「わたし。お兄さんの怪我はどうだった？」

「大丈夫です。もうこのまま帰っていいそうで、横でアホ面さらしてます」

「そう、よかった」

そう安心したように言ってから、黒岩の声はまた緊張感を帯びた。

「さっき、宗司さんが捕まえた空き巣だけど、余罪をいくつか吐いたわ」

「そうですか。よかったです」

「その中にね。東中島のマンション強盗事件もあったの。長谷川和歌子、琴美姉妹のね」

圭司は息を呑んだ。

「チワワは……」

「それはまだ聞いていない。もし、お兄さんが大したことないのなら、署に戻ってきてくれる？」

「わかりました」

自分も行くと言い張る宗司を、無理矢理のようにタクシーに乗せた。頭を打ったなら、今日一日くらいは安静にしていてほしい。

署に帰ると、黒岩が廊下で煙草を吸っていた。

「どうでしたか？」

黒岩は煙を吐いてから、こちらを向いた。

「やはり、チワワは捨てたそうよ。こういう犬は売れると聞いたから、売ろうと思ったけど、あまりにもキャンキャン鳴くので、持て余して、逃げる途中に通りがかった公園に捨てたと言っていた」

「そうですか……」

結局、早紀の言った通りだった。鸍木有美は、その公園でチワワを拾ったのだろう。

圭司は黒岩の隣にもたれて、ためいきをついた。

「結局、ぼくらが一所懸命調べたことって、犯人逮捕にはまったく役に立ちませんでしたね」

まさか、宗司に鳶に油揚げをさらわれることになるとは、思ってもいなかった。

黒岩は慣れているのか、少し笑っただけだった。

「犯罪捜査の九十九パーセントはそんなものよ。でも、一パーセントでも真実に辿り着く道があるから、それを探すのよ」

たしかにそうだ。解決に繋がる一本の糸を探しだすために、先の切れた糸を何千と辿る。それが自分たちの仕事だ。

「でも、解決してよかったですね」

黒岩は笑って頷いた。正直、今は空き巣事件などの検挙率は年々下がっている。たとえ、自分がやったことが無駄だったとしても、犯人が捕まったのは気分がいい。

黒岩は短くなった煙草を灰皿に押しつけた。

「ねえ、會川くん」

「なんですか？」

そういえば、雄哉がその後どうなったのか聞いていない。しばらくお互い、別の相手とコンビを組んでいたから、話す機会が少なかった。

「鷗木有美のことだけど、やっぱり気になるの」

黒岩の口から漏れたことばに、圭司は驚いた。

「え、でも、あれは北署にまかせて……」

「わかってる。でも、ひとつだけ調べたいことがあるの。北署には捜せないことだから」

黒岩はまっすぐに圭司を見て、これから手伝って、と言った。

断る理由はない。だが、北署はあれから鷗木有美の死について、洗い直しているようだった。近所とのトラブルが絶えなかったことに注目していると、一度聞いた。

黒岩が気になっていることとは、なんなのだろうか。

刑事課にはあまり人がいなかった。みんな、捜査に出たか、取調室にいるのだろう。

黒岩は、自分の机に座って、圭司に言った。

「インターネットの里親募集サイトを探して、五月以降に、チワワの里親が募集されていないか調べて」

圭司は驚いて、尋ね返した。

「ティアラにそっくりな、ですか？」

「ええ、そう。でも、そっくりじゃなくてもいい。写真が似ていなくてもなんでもいいから、ともかくチワワのを」

圭司は不思議に思いながらも頷いて、自分の席に戻った。パソコンをインターネットに接続して、里親募集サイトを探す。数はさほど多くない。しかも猫が多く、犬は少ない。聞いたときは大変な作業だと思ったが、それほどではなかった。

しかも、ゴールデンやラブラドールなどの大型犬が多く、チワワはほとんどいない。

「どう？」

あちこちに電話をかけていた黒岩が、圭司の席までやってくる。

「チワワはいないみたいです」

「そう……やっぱり無理だったみたいね……」

失望したようにつぶやく黒岩を見て、圭司は、ふいに思い出した。安藤早紀は言っていなかっただろうか。最近はネットオークションで犬猫が売買されていると。

チワワのような人気犬種は、成犬でも里親募集ではなく、売ることができるのかもしれない。

それを口に出すと、黒岩の目が輝いた。

「じゃあ、そっちを探してみましょう」

いくつかのオークションをまわって、そして犬猫生体を取り扱っているところを発見する。チワワで検索すると、三百以上の出品があって驚いた。ほとんどは子犬だが、成犬もいた。子犬よりはずっと安いが、それでも一万円くらいの値段がついていて、入札もある。

とりあえず、成犬に絞って見ていきながら、ふいに圭司は不安になった。

「でも、これ、取引完了した子は表示されないですよね」

「ええ、そうね」

「じゃあ、もし取引完了していたら、わからないんじゃないですか?」

黒岩は、少し驚いた顔をして、圭司を見た。それからにっこりと笑う。

「馬鹿ね。わたしたちは警察じゃない」


オークションの事務所に、過去の取引の記録を見せるように要求すると、すぐにファイルが送られてきた。

チワワ、成犬。というキーワードで絞っても三十以上あった。それをプリントアウトして、一枚ずつ見ていく。

ふいに、黒岩が一枚の用紙を指ではじいた。それをこちらにやる。

見ただけで、圭司ももうわかった。ティアラにそっくりだ。

「我が家で飼っていましたが、引っ越しするので飼えなくなりました。小ぶりで噛みぐせもないいい子です。可愛がってくれる人、お待ちしています」

もともとの価格設定は1円だったが、結局5000円まで値が上がっていた。出品者はＫＩＲＡ９という人間で大阪在住。落札者はＭＡＣＫＹ５という京都の人間だった。

ＭＡＣＫＹ５の履歴を見てみると、たくさんのチワワを出品しているのがわかる。見れば、ホームページもあった。

どうやら、チワワのブリーダーのようだった。だが、ブリーダーがなぜ、チワワの成犬を購入するのだろう。黒岩はそのサイトから、落札者にメールを出していた。

「これで、あとは返事待ちね」

「出品者の方には連絡を取らないんですか？」

「ティアラだということを確かめてから」

たしかにそうだ。それを確かめるのは、実際に犬がいる落札者に連絡を取るしかない。

返事がきたのは翌日だった。警察からの連絡に、落札者の牧原英一という男はかなり驚いていたが、落札したチワワを見せてほしいと頼むと、快諾してくれた。

同時に長谷川琴美にも連絡を取る。犯人が捕まったという知らせは、彼女にもいっていたようだが、それでも犬のことは諦めかけていた、と彼女は言った。

早退した琴美を、職場の前で拾って、車で京都に向かう。

「わたし、まさかティアラのことで、刑事さんがこんなに一所懸命になってくれるとは思わなかったです。本当にどうもありがとうございます」

犯人が捕まった安心感もあってか、琴美は少し涙さえ浮かべていた。

「ある意味、運がよかったのかもしれないわね。もっとも、感謝するのは本当にティアラだったときでいいわよ」

黒岩はそう言って笑った。

黒岩が、「ある意味運がよかった」と言うのは、ティアラが鷹木有美に拾われたことかもしれない。もし、普通の善意の人に拾われて、その家で飼われることになっていれば、自分たちには、その足取りを辿ることはできなかった。

牧原の家は、洛北、比叡山に近い住宅地にあった。

牧原の妻らしき女性に、玄関に通される。なぜか、中に入れとは、彼女は言わなかった。玄関で待っていると、牧原が一匹のチワワを抱いてやってきた。

「この子ですか?」

琴美が息を呑むのがわかった。牧原が抱き下ろすと、チワワは一直線に琴美に向かって走ってきた。小さな身体に似合わない大きな声で鳴きながら、琴美に飛びついた。圭司や黒岩には目もくれなかった。

「ティアラ！」

琴美はチワワを抱きしめた。チワワはもがきながら、それでも琴美の顔を必死で舐めている。

「やっぱり、その人のチワワみたいですね」

牧原は額に浮かんだ汗を拭いながら、笑った。

「盗まれた犬だったなんて、まさか思いませんでしたよ。連れて帰ってくださって結構です」

圭司は驚いて、牧原を見た。まさかこんなに簡単に手放してくれるとは思わなかった。もっと交渉は難航するものだとばかり想像していた。

琴美はぼろぼろ泣きながら、頭を下げた。

「どうもありがとうございます」

「いや、こっちも正直なところ困っていたんです。牝で成犬だというから、台牝にして子供を産ませようと思ったのに、避妊手術がすんでいる。出品者に文句を言おうとしても、連絡が取れない。メールアドレスはすでに解約されていたし、電話番号も嘘だったんです」

やっと、なぜチワワのブリーダーである牧原が、成犬を買ったかの理由がわかった。

玄関から見える部屋には、数え切れないほどのケージが積み重ねられていて、どの中にもチワワがいた。折り重なって眠る子犬もいたけど、今までいろんな光景を見てきた圭司には、それが微笑ましい光景だとは思えなかった。

その子犬の中で、何匹が本当に幸せになれるのだろう。生命を全うできるのだろうか。

黒岩は、上がり框に腰を下ろして、奥から出てきた別のチワワの背中を撫でた。

「それで、出品者には会ったんでしょう」

「ええ、大阪だというから、車で持ってきてもらいました。女性でしたよ」

黒岩は、手帳を開いて、一枚の写真を取りだした。

「この人?」

牧原は、写真を受け取って一瞥しただけで即答した。

「この人です」

その写真を見た圭司は息を呑んだ。

そこに写っていたのは、安藤早紀だった。


頭ががんがんする。帰りの車の中で、ハンドルを握りながら、圭司は黒岩にどうやって問いただそうか考えていた。

どうして、安藤早紀の写真を黒岩が持っていて、それを見せようと思ったのか。いや、それよりもなぜ、早紀がティアラを売っていたのか。

すべてがわからないことだらけだ。

愛犬を取り戻した琴美は、気持ちが高ぶっているのか、チワワにずっと話しかけて、ときどき啜り泣いたりしていた。黒岩と圭司に、返事をするのが面倒になるほど、何度も礼を言った。

黒岩は携帯を出して、どこかに電話をかけた。三井さん？　と問いかける声で、北署の三井へかけたのだとわかる。

「鸕木有美の自宅にいたチワワを発見したわ。ええ、そうよ。売った人もわかった」

電話の向こうで三井がなにか言っているのだろう。黒岩はしばらく相づちを打ちながら、話を聞いていた。内容が聞こえないことが、ひどくもどかしい。

黒岩は、かすかにためいきをついて、それから言った。

「安藤よ。牧原さんはそう言っていた」

その名前を聞くだけで、心臓がぎゅっと縮む。彼女はなにを知っていて、どうして嘘をついたのだろうか。いったい、自分たちの知らないところで、なにが起こっていたのだろうか。

三井がまたなにか喋っているようだ。黒岩は、窓ガラスを軽く指で叩きながら、その話を聞いていた。

「わかったわ。気をつけて」

そう言った後、黒岩は電話を切った。圭司の方を向く。

「安藤早紀に逮捕状を出すそうよ。鷽木有美殺害容疑でね」

ハンドルが汗で滑る。圭司は一瞬だけ目を閉じた。

彼女の笑顔が脳裏に浮かんで、そして消えた。

取調室は、水底のように静まりかえっていた。

座って下を向いている早紀の顔も、ひどく遠くに見える気がした。それでも、圭司は思う。やはり、彼女はとてもきれいだ、と。

草間が、マジックミラー越しに中を見ながら言う。

「とりあえず、すべて否認だ。鷹木有美のことなど殺していない。彼女の家には遺体が発見されるまでは、半年ほど行っていない。そう言い張っている」

視線を早紀からそらさずに、黒岩が尋ねた。

「弁護士は？」

「婚約者がつけた。だが、弁護士にもやっていないと言い張っているそうだ。あくまで完全否認を押し通すようだ。あまり頭のいいやり方ではないな」

黒岩は軽く肩をすくめた。

「まだ、被疑者だから、決めつけない方がいいんじゃないの？」

「よく言う。安藤が怪しいと言ったのは、あんたじゃないか」

「怪しいと思うのと、犯人に間違いないと思うのは違うわ」

そうだ。まだ、早紀が犯人であると決まったわけではない。圭司は、わずかな希望にすがるようにそう考える。

今まで黙っていた三井が振り返った。

「玄関脇の部屋の畳を科学捜査した結果、犬や猫ではない、人間の尿の成分が発見されました。きれいに拭かれていた上、あちこちに犬猫の糞尿が落ちている家ですから、最初の捜査ではつい見落としてしまいましたが、間違いない。そして、ダイニングの椅子の背もたれに、縄を擦ったときのような跡がありました」

犯人は、眠っている有美に近づいて、枕元に椅子を置き、背もたれに麻縄をかけた。そのまま眠っている有美の上半身を起こして、それから首に縄をかけ、背もたれの反対側から強く引いた。

もちろん、有美も目覚めただろうが、寝起きの上、太っていて動きが鈍く、ただもがいているうちに縄が首に食い込んで、意識を失ってしまったのだろうという。

そうして、作為的に縊死の状態が作り上げられた。失禁した布団は、犯人が持ち帰り、それから部屋の畳を拭いた。それから、有美をカーテンレールに吊したのだろう。

そう三井は話した。

「でも、鷗木有美を持ち上げるのは、華奢な安藤さんには難しいのではないですか?」

圭司はおそるおそる疑問を口に出した。自分が早紀に肩入れしていることは気づかれたくはない。

「たしかに。ですが、ボランティアをしている施設では、彼女が大型犬を易々と抱き上げるのを、何人も目にしています。普通の女性よりは力はずっとあった。距離は数メートルですし、不可能ではない」

三井にそう言われて、圭司は黙った。本当に彼女なのだろうか。

「黒岩さん、會川さん、少し話をしてもらえますか?」

三井は、ふたりに向かって頭を下げた。黒岩が頷く。

マジックミラーにもたれたままの草間が言った。

「お手並み拝見と行こうか」

黒岩は、首を傾げてわざとらしく微笑した。

「もし、うまくいったら、貸しにしておいてあげるわ」

早紀は、放心したように床を見つめていた。圭司と目があったときだけ、少し動揺したように見えたのは、単なる圭司の思いこみだろうか。

「湿気がきつくて、嫌ね」

黒岩は、どうでもよさそうにそう言うと、早紀の向かいに腰を下ろした。圭司は、少し離れたところに立った。

「わたし、やってません」

早紀は黒岩の目を見て言った。こんなにまっすぐに人の瞳を見る人が、嘘などつかない。圭司は、心の中でそう考えた。だが、すぐ、その考えに根拠などないことに気づく。

「鷹木さんのことだけど……」

「わたしはやってません」

黒岩のことばを遮《さえぎ》るように、早紀はまたそう言った。声には苛立《いらだ》ちと怒りが滲んでいた。彼女のこんな声を聞くのははじめてだった。

黒岩は、遮られるままに黙ると、ポケットから煙草を取りだした。

「吸ってもいい？」

「嫌いなんです」

きっぱりとそう答える。黒岩はそれ以上はなにも言わずに、煙草をポケットにしまった。

早紀の目が、ふいに圭司に注がれる。どきりとしたが、目をそらしてはいけないような気がした。一瞬見つめ合った後、早紀は目を伏せた。なにかを諦めたような悲しげな目の色だった。

もしかして、自分はなにか大きな間違いを犯しているのかもしれないと、圭司は思う。言われるままに、彼女を容疑者扱いなんてしていいのだろうか。

また黒岩が口を開いた。

「どうして、チワワをオークションで売ったの？」

早紀は即答した。

「鷹木さんに頼まれたんです。彼女はＩＤを持っていなかったし、お金に困っているというから」

「どうして、そのことを言わなかったの？　わたしたちがチワワを探していることは知っていたでしょう」

「言って、変な勘ぐりを受けるのもいやでしょう。実際、こんなことになっているわけだし」

冷静な声だったが、その冷静さには、不自然さがまとわりついていた。まるではち切れそうにふくらんだ風船のようだ。ほんのわずかの刺激でも、それは爆発する。

黒岩は、軽く肘をついて、早紀を見た。

「わたし、違うと思うわ」

「なにがですか！　嘘なんて言ってません」

「あなた、あの子だけでも助けたいと思ったんじゃないの？　この地獄から」

そう言うと、黒岩はテーブルの上に写真を投げ出した。

最初にあの家に踏み込んだとき、撮った写真だった。生き物の死骸と、糞尿と、我を失って怯えた無数の目が写された、地獄の写真。

早紀は一瞬息を呑んで、それから目をそらした。

「他の子を助けるのは難しいけど、チワワみたいに純血種で、しかも小さい犬なら簡単に里親が見つかるもの。この子だったら、助けられると思ったから、連れていったんじゃないの？」

黒岩の声は、あくまでも優しかった。だが、早紀は彼女を見ようとはしなかった。

「なんの話かわかりません。わたしはなにもしてない」

「わかったわ。じゃあ、別の話をしましょう。虹の橋って聞いたことある？」

急に変わった話に驚いたのか、早紀はやっと黒岩を見た。

「動物飼っている人なら、たいてい知っていると思いますけど……それがどうかしたんですか？」

「そうよね。わたし、犬も猫も飼ったことなかったから、この間はじめて聞いたの。會川くんから」

いきなり、早紀と黒岩、ふたりの視線がこちらを向いて、圭司はあわてて姿勢を正した。

「わたし、思うの。鷹木さんのところにいた犬や猫は、半分くらいが彼女と一緒に黄泉路を共に歩んでいったでしょうね。たとえ、アニマル・ホーダーで、ひどい飼い方をしていても、その子たちにとっては、大事な飼い主だもの。きっと暗い道を、彼女を守るようにして歩いていったのだと思うわ。でも、その中で、一緒に行かずに、虹の橋に残った犬や猫もいるんじゃない？」

　圭司は戸惑いながら、黒岩と早紀を見比べた。黒岩がなにを言っているのかはわからなかった。だが、早紀はその意味がわかっているように見えた。唇がひどく青ざめて、そして視線が泳いでいる。

　黒岩は、椅子をずらして彼女から目をそらした。

「安藤さん、あなた引っ越したの、いつ？」

　早紀の顔がはっと強ばった。他愛のない世間話のように思えるのに、彼女が動揺しているのが伝わってくる。間違いなく黒岩は、今、核心に触れた。

「隠したって調べたらわかることなのよ」

　早紀はきつく唇を噛んだ。

「もう、知っているんじゃないですか？」

　黒岩は悪びれずにそれを認めた。

「たしか、半年ほど前だったわよね。ちょうど伊藤さんと会った頃……かしら」

「伊藤さんのことは関係ない！」

　早紀は声を荒らげた。黒岩はしれっとした顔で言う。

「そうね。そうかもしれないわね」

一瞬、黒岩の目が鋭くなった。獲物を捕らえるときの猫の目。

「でも、引っ越しする前に飼っていた、あなたの犬と猫。全部で何匹いたかしら。ご近所さんは、犬だけでも七、八匹以上いたって言ってたけど、あの子たちは、みんなどこへやったの？」

早紀の目があきらかに揺らいだ。膝の上の拳が小刻みに震えていた。

「それは……保健所に……」

それを聞いて、圭司は驚いた。早紀がそんなことをするとは信じられなかった。

「あら、どこの？　大阪市の保健所は以前からあなたのことをボランティアとして知っていた。保健所の改善を願い出に行ったり、何匹か犬猫を引き取ったりしていたもの。まさか、そのあなたが、犬や猫を処分してくれって言いにきたら、とてもびっくりするはずよ」

黒岩は立ち上がって、小さな窓から外を眺めた。南方署とは見える光景が違って、どうしても違和感がある。

「また、音無さんのところや、ほかのシェルターに託すわけにもいかない。そんなことをすれば、確実に責められるし、そして伊藤さんにも伝わる」

黒岩は腕を組んで、壁にもたれた。早紀を見据えて言う。

「鸓木有美さんは、アニマル・ホーダーだった。でも、あなたもそうだったのよ」

圭司は息を呑んだ。驚いてはいたが、だが心のどこかは納得していた。

早紀は以前、言ったのだ。

――鸓木さんだって、はじめから、あんなふうに生き物を扱っていたわけじゃないんです。最初は、本当に純粋に動物を助けたいと思って、手を伸ばしたんです。でも、助けなければならない動物は、次から次へと現れます。それをどうしても見捨てられなくて、また手を伸ばしているうちに、いろんなことが自分の手に負えなくなって、やがて正常な判断もできなくなって、そして追いつめられていったんだと思います。

――いいことなんて、ひとつもないです。でも、それでも目の前の命を見たら、助けずにはいられない。だから手を伸ばすんです。

あれは、鸓木有美の気持ちを推察したわけではなく、間違いなく、早紀自身のことばだったのだ。

「だけど、あなたは伊藤さんに出会った。そして、彼のことが好きになって、彼もあなたのことを好きになってくれた。そこで、あなたは気づいた。彼は、犬猫のためにボランティアまで買って出るほどの動物好きで、あなたがアニマル・ホーダーであることを知ったら、確実に失望する」

だが、保健所に連れて行くことも、シェルターに託すこともできない。早紀はいったいどうしたのだろうか。

そこで、圭司もやっと真実に辿り着く。

黒岩は優しげな顔で笑った。普段は決して見せない顔で、だからこそその裏には刃物がひそんでいる。

「鷽木さんに預けたのよね」

そう、犬や猫が増えていたのに、彼女のサイトが更新されていなかったのは、鷽木有美が自分の犬や猫ではないと考えていたからだ。

「なんて理由をつけたのかはわからないけど、急に家を追い出されて、ペットが飼えない部屋しか見つからない。だから、ペットが飼える部屋をゆっくり探すまで、少しの間預かってほしい。まあ、そんなところかしら。アニマル・ホーダーは一度手に入れた動物と離れることが、堪え難いほどつらくなることは、あなただって気づいていたはずだわ。経験者だものね」

それは真実そのままではなくても、ほぼ近いところを突いていたのだろう。白くなるほど唇を噛みしめて、早紀は下を向いた。

「でも、鳫木さんは真実を知ってしまった。あなたが結婚すること、そのために動物たちをわざと、自分に押しつけたのだと言うこと。普通、怒るわよね。怒って、彼女はどうするって言ったの？　婚約者に本当のことを話すって？」

早紀の握りしめた拳の上に、涙が落ちた。細い身体がわなわなと震えていた。

「どうしてなの……どうしてわたしだけが、こんなに責められなくちゃならないの……？」

かすれた声が、嗚咽混じりのことばを紡ぐ。

「助けたいと思ったの。一匹でも多く、助けたかったの。でも、それでもきりがなくて、でも、わたしが助けないとあの子たちは助からなくて、頑張っても、頑張っても、届かなくて、ずっと苦しかったの」

その声は嘘ではなく、同情を買いたくて言っているわけでもないように、圭司には聞こえた。それは間違いなく、早紀の本心だ。

「伊藤さんに会えて、やっと自分が心の病だったってわかった。でも、どうすればよかったの？　本当のことを話せば、せっかくつかんだ幸せがどこかに行ってしまう。そうしたら、わたし、またあそこに戻るしかない。だから、絶対に失いたくなかった。ほかにどうすればいいのかわからなかった」

投げつけられることばは、圭司の胸をも裂く。

きみの気持ちがわからないわけではない。だけど――やはりそれは越えてはいけない境界線だったのだ。

「わたしが悪いの？　捨てた人たちは、わたしに押しつけた人たちはなにも悪くないの？　わたしだけが悪いみたいな言い方しないで！」

早紀は泣き叫んだ。悲鳴のような声は、狭い取調室に痛いほど響く。

黒岩は腕を組んだまま、静かに言った。

「あなただけが悪いだなんて思っていないわ」

一瞬、早紀の目が希望を見つけたように黒岩に注がれる。だが、黒岩はそれを断ち切るように言った。

「だけど、あなただって、捨てたのよ。そしてそれを人に――鳰木有美に押しつけた」

「他に方法がなかったのよ！」

「あなたに動物を押しつけた人たちもそう言ったんじゃない。他に方法がなかったって」

早紀が息を吞んだ。力が抜けたように、椅子にへたり込む。

「まあ、いいわ。あなたは動物を捨てたから、ここにいるわけじゃない。それはわかるわね」

黒岩は、出口に向かいながら、軽く振り向いた。

「矗木有美を殺したからよ」


夜の駐車場で、早紀に会ったとき、圭司は考えた。

自分に、時を遡る力があるのなら、と。そして、今も同じことを考える。

もし、時を遡れるのなら、どれだけ遡れたら、彼女を救えるのだろうか。一年か、二年か、それとももっともっと前、少女の頃の彼女からやり直さなければならないのか。

いくら考えてみても、なにも見えなくて、わからなくて、心が痛む。

彼女が殺人者であることに間違いはなくても、それでも圭司は思わずにはいられないのだ。もし、彼女が優しくなければ、その第一歩を踏み出すことはなかったのだと。

北署を出てから、黒岩はためいきをついた。

「出世に繋がらないことばかりやっているわね」

それを聞いて、圭司は少し驚いた。

黒岩の頭からは、出世という二文字は消えていると思っていた。

「もしかして、黒岩さんも出世したいんですか?」

「当たり前でしょ」

出世したいと思っていて、これなら、出世を諦めた黒岩は、いったいどうなることなのだろう。想像しただけで頭痛がする。

ふいに、思い出して、圭司は前々から聞こうと思っていたことを尋ねた。

「雄哉くん、結局どうなったんですか?」

黒岩は、なぜか困惑したような顔で、目をそらした。照れているのだ、と気づくのには時間がかかった。

「夏休みから、しばらくうちにくることになったわ。まあ、いつまでかは未定だけどね」

そう言う黒岩は、無愛想だけどどこかうれしそうだ。先ほどまで心を覆っていた雲が少し晴れる気がして、圭司も微笑した。

「よかったですね」

「よくないわよ。今のアパート狭いから、引っ越さなくちゃ。面倒ったらありゃあしない」

まるでやっかい事を抱え込んだような口調で黒岩はそうつぶやいて、早足で歩き始めた。

一緒に暮らしたいのだ、と言っていたくせに。圭司は苦笑して、彼女の後を追った。

もしかして、黒岩はうれしいとき、いつもこんなふうに振る舞うのだろうか。素直じゃないのにもほどがある。

ふいに、黒岩が足を止めた。

「本当はまだ怖いの。わたしなんかにできるのかしら」

それはだれにもわからないし、圭司だって安請け合いできることではない。

だが、圭司は知っている。

「でも、黒岩さん、うれしいんでしょう」

終章

その日、関西地方は梅雨が明けた。

数日前から、雨雲は気配さえなくなって、凶暴なほどの日差しが降り注いではいたけど、本格的な梅雨明けの知らせを聞かないと、夏がきたような気がしない。

珍しく、圭司と宗司と、それから黒岩の休みが重なっていて、それに気づいた黒岩から、先日のお礼に、と、誘われた。

どうせならばどこかに出かけようという話になり、智久と雄哉も含めた五人で、神戸の六甲山牧場まで行くことにしたのだ。

後から聞いた話では、雄哉を引き取るためにはやはり、いくつかの難関があったらしい。反対をしたのは、雄哉の父親ではなく、その姉だったという。だが、結局その姉も、自分で雄哉を引き取りたいと言うわけではなく、結局のところ、「一時的に預けるだけ」ということで話はまとまったのだという。

「でも、たとえば半年先とか、一年先にどうするかって話し合いはまったくしないの。ただ、身内の建前のことだけを考えて、『見捨てたのではなく、ただ一時的に預かってもらっているだけだ』と言いたいだけみたい」

黒岩は辛辣に言ったが、さほど気にした様子はなかった。

宗司は、前日遅くまで、黒岩の同棲相手である智久のことをしつこく聞いた。

「なあ、どんな男や」

おまえと正反対のタイプ、と喉まで出かけたのを、圭司は抑えて、「優しそうな人やで」と答えた。

「おれかて、優しいで」

だからどうした、とも思ったが、それも口には出さなかった。

宗司はためいきをついて言った。

「やっぱり、諦めた方がええんかなあ」

それを聞いて思ったことは、素直に口に出した。

「まだ、諦めてへんかったんか」

当日、出会ったときに宗司が大人げない行動をしないか、少しだけ不安だったが、宗司は大げさなくらいにこやかに挨拶をして、握手まで求めていた。それはそれで、ちょっと怪しい人間に見えることには違いないが。

雄哉は智久になついているらしく、最初は彼の後ろに隠れていた。

圭司は中腰になって笑いかけた。

「おれのこと、覚えている」

「ジャンプのお兄ちゃん……」

宗司が、なぜか間に割り込んでくる。

「で、おれがそのまたお兄ちゃんや。ジャンプのお兄ちゃんのお兄ちゃん」

雄哉は、それを聞いてちょっとだけ笑った。

「よけいややこしいやん」

子供ながら、冴えたつっこみだ、と圭司はにやつきながら思った。

牧場の景色のいいところまで行って、弁当にする。

「ええか、ここは羊が弁当を狙ってくるから、油断は禁物やで」

宗司は雄哉に、声をひそめてそう囁き、雄哉も真剣な顔で頷いている。

広げられた弁当――間違いなく作ったのは智久であろう――は、なかなか豪華だった。三段になった重箱で、烏賊の黄金焼きとか、松風とか、かぼちゃの煮物などの弁当らしいおかずと一緒に、ミートボールや鶏の唐揚げなど、子供が好きなおかずも詰まっている。一番下の重箱には、おにぎりが詰められていた。海苔だけではなく、とろろ昆布や高菜漬けなどを巻いたおにぎりもあって、見た目もきれいだが、なぜか三分の一くらい不格好なものがある。

「おにぎりは、わたしと雄哉も作ったのよ」

黒岩がそう言ったので、納得する。

「じゃあ、このあたりが雄哉くんですか？」

不格好なおにぎりが並ぶゾーンを指さすと、黒岩はにこやかに答えた。

「ううん、そこはわたし」

食べ始めると、宗司の予言通り、わらわらと羊がやってきて、みんな必死で羊から弁当をかばいながら食べた。雄哉は、唇を尖らせながら、羊を押しのけた。

「おまえらは、草食べとけよ！」

もちろん、そんな理屈が羊に通じるわけもなく、羊との戦いは、弁当がすべてなくなってしまうまで続いた。

現金な羊たちは、食べるものがなくなってしまうと、つまらなそうに離れていき、まわりでのんびり草を食べ始めた。

宗司が伸びをして、それから思い出したように言った。

「そういえば、黒岩さん、太郎が——いや、うちの猫なんですがね——あいつがこのあいだ乳を出したんですよ」

一応、家にきたことのない智久にもわかるように説明を入れて、宗司は語った。

「牡猫が、ですか？」

「いや、牝です」

驚いたような智久に、太郎がなぜ太郎なのかを説明して、宗司は話を続けた。

そう、少し前から太郎の乳首にチビが吸い付いているようになり、不思議に思って確かめると、乳首から白いものが滲んでいた。

とはいうものの、チビはすでに生後三ヶ月近くになって、もう普通の缶詰をはむはむと食べている。そのタイミングの悪さが太郎らしいとも思うけど、チビに吸われている太郎は優しい目をしていて、そこがとてもいとおしい。

圭司は考える、だから親ではない生き物が子を育てるということも、充分、自然が想定していることで、なにも異常なことでも不自然なことでもないのだ、と。

自分の親は選べない。それは真実ではあるけど、ごくまれに、選ぶものたちもいる。

今、ここで黒岩と雄哉が笑っているように、圭司の部屋では太郎とチビが折り重なって眠っている。

あとがき

今、これを書いているわたしの足下では、一匹の黒い犬が寝ている。

わたしが身体のどこを触っても怒らず、してはいけないと言われたことは我慢して、留守番のときも悪戯ひとつしない。そして、起きているときは、ほとんどわたしのことを見ている小さな犬。

たぶん、世界中の三分の一くらいの人々は、胸の中に小さな空洞を持っているのだと思う。その空洞は、人が入るのには小さすぎ、かといってなにも入れないままでは、隙間風が吹き込んで、寒い。

だから、空洞を持っている人たちは、犬だとか、猫だとか、あるいはもっと違う生き物を飼う、もしくは飼いたいと思うのだろう。自分の空洞にぴったりなサイズの生き物を。

わたしの胸の空洞には、今、この小さな犬がぴったりとはまっている。

この小説を書くために、資料をいろいろ集めていて、本当に人間であること、日本人であることが嫌になってしまった。無意味に殺されていく生き物たちの数は、あまりに膨大で、思わず、目をそらしたくなってしまう。仕方がない、なんて思いたくなってしまう。

でも、本当に仕方ないんだろうか。

なによりも、胸が痛むのは、そんなふうに動物たちが殺されるのは、動物嫌いの人たちのせいではなく、間違いなく「動物が好き、犬が好き、猫が好き」と考えている人たちのせいだということだ。

嫌いな人たちは、ごくごく一部を除いて、自分から動物に関わることはない。保健所に持ち込んだり、捨てたりする人々はほとんど、一度はその生き物を可愛い、いとおしいと思って、抱きしめた人たちなのだ。

わたしと、そんな人たちの間に、決定的な違いがあるのかなんて、自分にはわからない。一緒だなんて思いたくはないけど、捨てた人たちだって、はじめから捨てるつもりなんかなかっただろう。


それでも、わたしや、多くの人々の胸には、空洞が空いていて、そこに柔らかく体温の高い生き物がいないと、生きていくことがつらくなる。

だから、愛することではなく、愛し続けることを約束したい。神様に、自分に、地獄の閻魔大王に。

永遠に、とまでは言わなくても、人よりもずっと短い、その生き物たちの命が絶えるときまでは、必ず。

一緒に生きたいと願い、空洞を埋めてほしいと願ったのは、自分なのだから。

今のところ、その約束を守ることは、さほど難しくはないような気はする。
小さな犬は、丸くなって、わたしの空洞を埋めているから。

八月の暑い日に

近藤史恵

（二〇〇八年十一月初刊より再録）

解説　社会派×刑事魂＋本格ミステリー

大倉崇裕

四年前、私はふとしたことで、十姉妹《じゅうしまつ》を飼い始めた。

十姉妹は体長十センチほどの小鳥だ。気温の変動などに強く、繁殖力も旺盛。一つの鴛籠《かご》に数羽一緒にしておいても、仲良く一つの巣に入り、お互いの毛繕いなどをしている。

「仲がよいから十姉妹」

見事な命名だと思う。

かつては人気のあった十姉妹も、今ではすっかりマイナーなペットになっている。それでも愛好家は全国にたくさんいて、ネットで検索をかければ、かなりの数がヒットする。

十姉妹を飼い始めるとき、私は検索で見つけたホームページを見て回り、さらに飼育法について書かれた本を数冊購入した。

十姉妹にも多くの種類があり、その飼い方、楽しみ方も人によって違う。したがって載っている内容は多岐にわたり、必要なものをピックアップするだけでもけっこう時間がかかった。そんな溢《あふ》れかえる情報の中にあって、すべてに共通している記述が一つだけあった。

「飼いきれなくなったからといって、十姉妹を野に放してはいけない」

繁殖力が旺盛のため飼いきれなくなり、「自由に羽ばたきなさい」という勝手な理屈で野に放つ人がけっこう多いらしいのだ。

十姉妹は飼い鳥であるから、自分で餌をとることもできない。長く飛ぶことすらできない。もし外に放してしまったら、ものの半時と生きてはいられない。

人の都合で野に放たれた十姉妹が、怯《おび》えながら木の枝で身を寄せ合う。それを補食していく鳥や猫たち。そんな光景は想像すらしたくない。

生き物を飼ったら、その生き物に対して責任を負わなければならない。そんな当たり前のことが、当たり前でなくなりつつある。悲しいことだが、それが日本社会の現実だ。

近藤史恵さんの警察小説第二弾「黄泉路の犬」は、こうした現実とその後に待つ絶望、希望を真正面から描きだしている。

発端は東中島で起きた強盗事件。犯人は逃走し、現金二万円と被害者が可愛《かわい》がっていたチワワ一匹を強奪していった。

いったんは膠着《こうちゃく》状態となった捜査だが、盗まれたチワワに関する情報がきっかけで再び動きだす。

チワワを追う「南方署強行犯係」の刑事、會川圭司と黒岩がやがてたどり着いたのは、まさにこの世の「地獄」だった……

近藤さんの書く警察小説には、二つの軸があると思う。一つは前述したような、社会派的な側面だ。現代社会の歪みから生まれる心の闇をじっくりと描くことで、一見特異に見える犯行、動機に揺るぎない説得力を持たせている。本作で書かれた衝撃的な「地獄」は、決して絵空事ではない。我々のすぐ傍らにあるものなのだ。

「社会派的側面」が物語の縦軸に当たるとするならば、横軸に相当するものは何か。それはずばり、横溢《おういつ》する「刑事《デカ》魂」である。

最近は警察小説が注目を集めており、それにともなって、ジャンルの裾野も広がりつつある。個人と組織の対立をリアルに描いたものも警察小説ならば、架空の署を舞台に一匹狼の刑事が大活躍するものもまた、警察小説と呼ばれる。

近藤さんの作品は、むろん、警察小説に間違いはないのだが、どこか、なつかしい香りがする。そう、七十年代にきら星のごとく生まれた名作刑事ドラマ。それらに登場する刑事たちと同じ魅力を、私は黒岩という女性刑事に感じてしまう（黒岩という名前は、かの名作刑事ドラマ「大都会」シリーズの主人公、黒岩頼介から、なんてことはないですよね……）。

黒岩は、世故に長《た》けた組織人ではない。どちらかというと一匹狼タイプでさえある。だがその一方、直感や鋭い洞察力を武器にする探偵型の刑事でもない。

彼女にあるのは、捜査への執念、粘りの姿勢である。周囲から孤立しようと、捜査が行き詰まろうと、けっしてあきらめようとせず、真相を追い続ける。これぞまさに刑事魂。

そんな黒岩のパートナー、本作の主人公會川圭司についても、同じ事が言える。前作で大きなヘマをした彼だが、今回は凄惨《せいさん》な現場の中で冷静な行動を見せる。新人刑事の成長もまた、刑事魂を感じる要素の一つだ。また、物語の大半は圭司の視点で描かれているものの、彼はけっしてただのワトソン役ではない。黒岩には及ばないとしても、自ら考え行動する、一個の刑事である。成長により主司は、黒岩の相棒《バディ》として存在感を増していく。相棒《バディ》もまた刑事魂を語るうえで、はずせないものの一つではないか。

「捜査への執念、粘りの姿勢」と書いたけれども、そうした展開を物語として成立せしめるのは、思っているほど簡単ではない。緻密《ちみつ》なプロット、巧みな伏線、意外性のある犯人など、多くの要素が必要とされるからだ。

一九九三年の鮎川哲也賞受賞でデビュー、本格ミステリーに造詣《ぞうけい》の深い近藤さんは、そうしたハードルを楽々と越えてみせる。

強盗事件に始まる一連の流れは実に美しく、それでいて、かっちりとまとまっている。読者は刑事たちの思考をトレースすることができ、捜査の醍醐味《だいごみ》をリアルタイムで体験する。これはまさに、本格ミステリーの興奮だ。

社会派の縦軸と刑事魂の横軸が、本格ミステリーというボルトでしっかりと組み合わさった――近藤さんでなければ書けない警察小説と言えるだろう。

最後に、ファンとして気になるのは、このシリーズのこれからである。どうでしょう、そろそろ続きを読みたいのですが。

白状すると、この四年間に一度か二度、小鳥たちを野に放してしまいたい、と思うことがあった。仕事があまりに忙しく、餌を待つ鳥たちの存在がふと重荷になったのだ。

「黄泉路の犬」を読み終わったいま、私は自らを戒めつつ、無心に飛び回る鳥たちに目を向ける。

（二〇〇八年十一月初刊より再録）

本書は2008年11月に刊行された徳間文庫の新装版です。
なお本作品はフィクションであり実在の個人・団体などとは一切関係がありません。

徳間文庫

南方署強行犯係

黄泉《よみ》路《じ》の犬《いぬ》

〈新装版〉

2024年4月15日　初刷

著者　近《こん》藤《どう》史《ふみ》恵《え》

発行者　小宮英行

発行所　株式会社徳間書店

東京都品川区上大崎三—一—一　〒141—8202
目黒セントラルスクエア

電話　編集〇三(五四〇三)四三四九
販売〇四九(二九三)五五二一

振替　〇〇一四〇—〇—四四三九二

印刷
製本　大日本印刷株式会社

ISBN978-4-19-894935-8　(乱丁、落丁本はお取りかえいたします)